〈極上自衛官シリーズ〉

過保護な航空自衛官と執着溺愛婚
～記憶喪失の新妻ですが、ベタ惚れされてます⁉～

★

ルネッタブックス

CONTENTS

Lunetta

【プロローグ】

疑念と恐怖は、常に胸の奥底にある。

好きな人が私の名前を呼ぶ。愛おしそうに私に触れる。頬をくすぐり、撫《な》で、頬擦《ず》りをして、抱きしめてくれる。大切なもののように、壊れもののように。

「萌希《もえぎ》、かわいい。——愛してる」

その目にはいっぺんの曇りもない。真摯《しんし》にまっすぐに私を愛し尽くす、籍を入れたばかりの愛おしい夫。

「昊司《こうじ》さん」

彼は、かつて事故に遭い記憶を失った私をくるんと真綿みたいな慈《いつく》しみでくるみ、信じられないくらい深く愛してくれる。初めて会ったときから好きだったのだと、君がいないと生きていけないと、そう囁《ささや》いてくれる。

きっとそこに嘘《うそ》はない。あるのは真実だけだ。

「あ、んっ、んんっ」

私は鏡に映るあまりに淫《みだ》らな顔に目を背けたくなる。私の口の中を昊司さんの指が弄《いじ》り、口の端からは唾液がつうっとこぼれ落ちる。

着ていた水着はずらされて、乳房も丸見え。そして鏡に手をついて背後から貫かれている
――太ももを、はしたない液体が伝って落ちる。

そんな状態で、ぼんやりと考える。

……ここには、私が来てみたいと言ったのだ。

ラグジュアリーなラブホテル。

過去の記憶がない私は、たまたまネットで見かけた「女子会にもおすすめ！　ラグジュアリーホテル5選」という広告にまんまとひっかかり、昊司さんに「こんなに素敵《すてき》なホテルがあるんですって」と報告してしまったのだ。

なにしろそう高くない価格帯で、温水プールや露天風呂つき、部屋でカラオケや映画の配信まで楽しめる。なにそれ楽しそう、行ってみたいです、と。

昊司さんは少し黙ったあと、薄く笑って呟《つぶや》いた。

『まあ、現物を見て理解するっていうのも大事ですよね』――と。

そうして今に至る。

「あ、やだあっ、プール行くって言ったのにっ」

「あとでな」

ふ、ふっ、と短く息を繰り返し、自分だけ服を着ている昊司さんは、背後から私の最奥に硬い熱をぶつけるのをやめない。もう何回もイっているのに——そのせいで、鏡から顔を背ける力もない。

露天風呂が見える大きな掃き出し窓のそば、赤い壁に飾られた大きな姿見だ。絵画の額のように縁取られたそこに、上気して、潤《うる》んだ瞳で眉を強く寄せ、快楽に耐える私の姿があった。

「ほんと可愛《かわい》いですよね、ラブホ来るのにいちいち水着用意しててさ」

ちゅ、ちゅっ、と頭にキスが落ちてくる。愛おしそうに細められた目の色が、少しだけ嗜虐《しぎゃく》的だ。

「し、知ってたのに黙ってたのひどいです……！」

喘《あえ》ぎながら大好きな旦那さんに抗議すると、ぐちゅっと強く腰を押しつけられた。ググッと子宮がいっそう突き上げられる。

「は……ぁ、っ」

思わず息を詰め、何度も目を瞬《またた》く。だめ、だめ、これ、変。鏡の中の私が、本当にひどい顔をしてイっている。フワフワした思考の中、昊司さんの掠《かす》れた低い声が耳のそばでする。

「イってる萌希、ほんとかわい……」

ぎゅうっ、ぎゅうっ、と私のナカの蕩《とろ》け切った肉は彼のものを強く締めつけていた。まざまざと、彼の形や体温がわかってしまうほど——足に力が入らない。昊司さんは背後から私を抱え、すっかり力を抜いた私のナカを、再び硬く太い屹立《きつりつ》で擦《こす》り始める。

「まあ、これでわかりましたよね？　ラブホってこういうことするところです」

「ぁんっ、だっ、だって女子会って……っ」

「諦めが悪いなあ」

そう言って彼はいっそう強く腰を振りたくる。私は高く喘ぎながら、快楽を逃そうと手を宙で無様《ぶざま》にかいた。ずるずると彼の大きく張った先端が中を引っかく。確かにある質量が、私のナカをみっちりと満たしていた。それでごちゅごちゅと最奥を突き上げられる。

「も、ダメ、やめ……へ、変なイきかた、しちゃうっ」

「へえ、見てみたいです」

「意地悪……っ、あんっ、あんっ」

抵抗は、彼の嗜虐心を煽《あお》るだけだったらしい。ぐりぐりと子宮の入り口をこじ開けんばかりに抉《えぐ》られて、私はぽろりと涙をこぼした。

「いやぁっ、イ……くっ」

身体を反らせて達する私を、昊司さんがぎゅっと抱きしめる。耳を丸ごと彼にしゃぶられて、ぐちゅぐちゅと脳を犯されているような気分になる。

「あ、ああ――……」

頭の中がぐわんぐわんする。

がくん、と力が抜けた。そんな私を抱え上げ、やけに広いベッドに横たえた。昊司さんは、私の手にキスを落とす。

手の甲には、火傷《やけど》の痕《あと》がある。事故でできたものだ。

昊司さんは私の太ももを掴《つか》み、少しだけ開かせる。

「これは痛いですか？」

「もうちょっと、大丈夫……」

昊司さんの、私の事故の後遺症に対する気遣いは本当に細やかだ。いつも私の反応を気をつけてくれているのがわかる。

傷跡も手術跡も残る太ももを彼は掴み、もう少しだけ脚を開かせて入り口に切先をあてがう。

「あとで、ちゃんとプール、泳ごうな」

昊司さんはそう言って目を細める。

彼は当然のように気がついている。知っている。私が傷痕を気にしていること、だから人の多いプールなんて行けないこと。

「俺も水着、持ってきたんです」

ぐちゅ、と肉張った先端が埋められた。それだけで気持ちよくて、私はシーツを握りしめ声を上げる。

「大好きだ、萌希」

硬い彼のものが、ずるっと一気にナカに入り込んでくる。彼は私の身体を、すっかり知り尽くしている。どこをどうすればイってしまうのか――そう、最初からだった。

初めて身体を重ねたときから､彼は私の身体を私以上に知っていた……ような気が、している。

過去の私を知らないはずの昊司さん。

なのに、私のことをよく知っている昊司さん。

私は記憶を失う前から、誰かにこんなふうに慈しまれていたような、愛されていたような、触れられていたような、そんな気がする――それが昊司さんなのだとすれば？　何か理由があって言えないだけで。

でも。

でも、怖い。

もし、それが昊司さんじゃなかったら。別の誰かなのだとすれば。

そんな記憶に、私はきっと耐えられない。

私には昊司さんさえいればいい。

私だって、彼がいないと生きていけない。

――だから。

記憶なんて、戻らなくていい。

このままずっと、彼の愛情に包まれていたい。

「愛してます、昊司さん」

私は彼に向かって手を伸ばす。

彼も笑って私を抱きしめる。愛してますと、何度も告げてくれる。幸せだと、心の底から思う。

だから。

だからこそ。

――疑念と恐怖を幸福で覆《おお》い隠して、私は彼と生きていく。

【一章】

夏の空が好きだ。

まだ梅雨が明けたばかりだというのに、太陽がじりじりと照りつけてくる。手をかざして遮《さえぎ》り、空を見上げた。突き抜けるような、鮮《あざ》やかすぎる青が目に飛び込む。

湧き立つ大きな入道雲は、白すぎて眩《まぶ》しい。

一機、飛行機が雲を突っ切っていく。黒い影のように見えるそれが、陽を反射して一瞬、煌《きら》めいた。

「夏だなあ」

私は至極当たり前のことを呟《つぶや》き、タオルで額を拭《ぬぐ》った。タオルを鞄《かばん》に戻すとき、着ている薄手の長袖パーカの袖が見えた。夏用の、ＵＶカットできる量販品だ。

でも私がこれを着ているのは、なにも紫外線を気にしてのことじゃない。身体中に残った傷跡を隠したいがためだった。

「叔母さん、おはようございます」

私はカラカラと和風の格子戸を開く。格子戸の横には「カフェ　たかなし」の看板が揺れていた。その下には、ピンクの朝顔の鉢植え。

「おはよう萌希《もえぎ》ちゃん、身体の調子はどう」

「いつもどおりです」

笑って答えつつ、鞄からエプロンを取り出した。


とある、古い街並みが残る日本海側の城下町。今も花街を残す、情緒あるこの街でカフェを経営している叔母のところに身を寄せたのは、今からちょうど一年前のことだった。

「萌希ちゃんが来てくれて、ちょうど一年ね」

叔母さんはしみじみと、まるで心を読んだかのようなタイミングで言った。私は頷《うなず》いて「お世話になってます」と笑う。

「こっちこそよ。萌希ちゃん、頑張り屋さんだし、よく働いてくれるし、コーヒー淹《い》れるの上手だし」

「でもよく頓珍漢《とんちんかん》なことをします……頓珍漢、使い方合ってますか？」

「合ってる合ってる。最近の人はあんまり使わないと思うけど」

私はホッとしつつ、首を傾《かし》げた。

「この間も、お客さんに前の千円札《さつ》のことを聞かれて。旧札でお会計できますかって」

「ふうん？」

「私、夏目漱石《なつめそうせき》がお札の人だったなんて知らなかったんです、お恥ずかしい話ですが」

最近はすっかり北里柴三郎《きたざとしばさぶろう》だ。新札になって、もうどれくらい経つだろう。少しずつ、野口《のぐち》英世《ひでよ》も見かけなくなってきた。

「仕方ないわよ。あれ、野口英世になったのっていつくらいだったかしら」

「調べました。平成十九年だそうです。北里柴三郎が令和六年」

私は二十八歳だから、この夏目漱石のお札のことは記憶していておかしくない……というか、おそらく同年代の人はなんとなく覚えているだろう。

でも私にそんな記憶はない。気がつけば野口英世で、北里柴三郎に代わって——というよりはキャッシュレス決算が当たり前だった。「初めて」ひとりで買い物をしたときだって、スマホのアプリで支払ったのだから。

二十歳になったばかり、大学三年生の春に遭った高速バスの事故で、私は記憶を失った……らしい。外傷性の記憶喪失なのだと、いつだか教えてもらった。

ただ、意識が戻ったときのことは覚えていない。

私はまっさらな、生まれたての赤ん坊のような状態で目を覚ましたらしかった。

食事も、歩行も、文字を読むことも、もちろん会話することとさえできない。そんな状態の私を見て母はパニックになり、一時《いっとき》には精神的にもギリギリの状態になったのだという。それを、兄が支え、父が奔走《ほんそう》し、どうにか家族として私を支えてくれた……らしかった。

——本当に申し訳ないことに、そのあたり、全く記憶がない。思い出せるのは、なんとか周りと会話できるようになってからのことだ。

記憶というものは、言葉と密接に結びついているものなのかもしれないな、と思う。

その後リハビリを経て、退院したのが二年後のこと。そこから在宅でさらにリハビリを重ねた。周囲に甘えっぱなしというのが妙にすわりが悪くて、就職したいと言い出したところ家族から猛反対が起こった。

親戚を巻き込み色々と話し合いを重ね、この叔母のカフェでなら……ということになったのだ。ありがたいやら申し訳ないやらで、とにかく恩返ししようと奮闘中なのだった。

「平成十九年ねえ……あたし何してたかしらねえ……まだ結婚してたわね」

バツイチの叔母さんが「若かったわあ」と感慨深げに言うのと、格子戸がカラカラと開くのとは同時だった。

「あ、まだ開店してなくて……なんだ、お兄ちゃんか」

「なんだとはなんだ」

入ってきたのは私のひとつ年上の兄、明希《あき》だった。

「あらアキくん、おはよう。どうしたの」

「いや、なんとなく様子を見に」

そう言って私をじろじろと見つめる。少し垂れ目なのと、目元に小さな黒子《ほくろ》がふたつあるのと、それらを含めて目鼻立ちが整っているのとで、かなり女性にモテるらしいと聞いた。叔母さんに言わせると「アイドルっぽい」らしい。

そんな兄が三十路《みそじ》を手前にして、彼女ひとり作っていないのは……私が心配をかけているせいだろう。

今日だって、そのことで来たに違いなかった。

「萌希がひとり暮らしし始めたからさ」

「もう二十八だもの。独立したかっただけだよ」

「いや、そうは言うけれど」

お兄ちゃんは心配そうに眉を下げた。

「相変わらずシスコンねえ。萌希ちゃん、あのねアキくんはずっとシスコンなの、小さい頃からよ」

「そうなんですか？」

「そうよお。ねえ」

「シスコンかはわかりませんけど、たったひとりの妹ですからね。そりゃ大切です」

そう言ってお兄ちゃんは勝手にカウンター席に座った。私は唇を尖《とが》らせる。

「お兄ちゃん、仕事は」

「今日は土曜日だ」

そう言い返してくるお兄ちゃんの仕事は、新聞記者。本当は東京《とうきょう》にある本社で働いていたのに、私がこの街に来ることになりわざわざ異動願いを出してついてきてくれた。大丈夫だと、何度も固辞したのだけれど……。

「それより、ひとり暮らし、どうなんだ」

「なかなか順調だよ」

つい最近まで、このカフェの二階で叔母さんと同居していたのだ。けれど、私の目標はひとり立ち。身体の調子もいいし、と思い切って近所にマンションを借りたところだ。

「変な男につけられたりしてないか」

「してないよ、大丈夫」

私は苦笑した。本当にお兄ちゃんは心配性だ。——と、ふと叔母さんの視線に気がつく。目をやれば、叔母さんはにやりと笑った。

「変な男ではないけれど、最近、萌希ちゃんに熱烈ラブコールを送ってる人なら知ってる」

「熱烈ラブコールって古いな……じゃない、なんだそれ、聞いてないぞ。どんな男だ」

いきりたつお兄ちゃんを無視して、叔母さんは「さーて開店開店」とさっさとキッチンに向かってしまった。私は苦笑する。

「あの、お客さんで……別に何かアプローチされてるわけじゃ」

「どんな客だ？」

む、と眉を寄せたままお兄ちゃんは言う。

私はそのお客さん、鷹峰《たかみね》さんのことを思い出し――そうして頬が熱くなってしまう。

「どんなって」

だって、恋愛の記憶なんてない私にでも、彼が私に好意を抱いているだろうことはうっすらと伝わってきているのだから。


一歳年上だという鷹峰昊司《こうじ》さんと知り合ったのは、春頃のことだった。ちょうど桜が満開になったばかりのことだ。

カフェにふらりと入ってきた鷹峰さんは、最初からどこか様子がおかしかった。というのも、必死で感情が爆発するのをこらえているような、そんな雰囲気《ふんいき》だったのだ。

『いらっしゃいませ』

そう声をかけると、彼はハッとした表情で私を見た。鷹峰さんはすごく背の高い人だから、見下ろされる感じになっているのに、圧迫感みたいなのは全くなかった。

それから小さく頭を下げた彼は、案内した席に座るやいなや、『ぐっ』と息を呑《の》んでぽろりと一粒、涙をこぼした。

『お、お客様？　大丈夫ですか』

声をかけると、鷹峰さんはただ『すみません』と呟《つぶや》き、それからぐいっと涙を拭ってケーキセットを注文してくれた。

『お待たせしました』

コーヒーとケーキを運ぶと、鷹峰さんは小さく微笑《ほほえ》んだ。そのときになってようやく、彼がかなり整った眉目《びもく》だと気がついた。整った、というより精悍《せいかん》な顔立ちといったほうがいいだろうか。

昔の記憶がないせいか、私はあまり人の美醜《びしゅう》というものに頓着しない。そんな私でも彼の笑顔に胸が一瞬ときめいたのだから、おそらく相当にかっこいい人なのだろうと思う。

私はケーキセットと一緒に、おしぼりを差し出す。お水と一緒に出したのは温かなおしぼりだったけれど、今度は冷たいものだ。

『あの、目が腫《は》れるので』

そう言って差し出したおしぼりを受け取った鷹峰さんは、一瞬強く、とても辛《つら》そうに眉を寄せて、しかし今度は泣かなかった。代わりに私を見て、その精悍な双眸《そうぼう》を細めて『ありがとうございます』と微笑んだ。

きっと何か、辛いことがあったのだろう。

その後鷹峰さんは、カフェに定期的に通ってきてくれるようになった。

一週間くらい見ないなあ、と思っているとひょこっと顔を出し『出張行ってて』とお土産をくれる。決して押しつけがましい感じはしない……というか、私の好みぴったりなものばかりでびっくりしてしまう。私ってそんなにわかりやすいのだろうか。

それからしばらくして。

駅ビルで買い物をしていた私は、たまたま鷹峰さんと鉢合わせした。

『小鳥遊《たかなし》さん』

私を呼ぶ鷹峰さんの顔に、「会えたことが嬉《うれ》しい」と素直に書いてあって鼓動が跳ねる。

鷹峰さんが私に恋愛感情を抱いているはずない、きっと誰にもこんな感じなんだって必死で考えるのにうまくできない。だってこんなに嬉しそうにしてくれる。

ときめきを必死に押さえつけ、さりげない顔をして雑談して歩く。

「もう帰りますか？」

「はい」

「じゃあバス停まで送ります」

断るのもなんなので、バスのロータリーへ向かう下りエスカレーターに一緒に乗った。そこで、事故の後遺症で右手の握力があまりない私はうまくベルトを掴《つか》めず、バランスを崩してしまった。小さく悲鳴を上げた私を、鷹峰さんが軽々と支えてくれる。

身体を抱き止めてくれた、逞《たくま》しい腕の力強さ、温かさ、ごく近くで感じる彼の息遣い。

ホッとしたようなため息とともに、『大丈夫ですか』と掠《かす》れた声で聞かれた。

それにドキドキしてしまって、頭がいっぱいになってしまって、私は頷くことしかできない。

エスカレーターから降りて、ようやく彼は私から手を離した。……名残惜しそうに見えたのは、私の欲目なのだろう。

『あ、ありがとうございました』

お礼を言う私に、鷹峰さんはただ微笑んでくれた。目元は赤くなっていたけれど。

それ以降も、会うたびに優しく話しかけられ、微笑みかけられて、お土産とはいえプレゼントまで渡されて。

そんなふうに接されていると、初めて異性の親しい知人ができた私は簡単にのぼせ上がってしまう。冷静になろうと努めているのだけれど、これがなかなか難しい。

そんなことを思い返していると、キッチンからからかう雰囲気の声が聞こえる。

「鷹峰さん、絶対に萌希ちゃんのこと狙ってるわよね～」

キッチンから顔を出した叔母さんの声に「叔母さん！」と慌てて声を上げる。声がちょっと上擦ってしまった。さりげなく咳払いをしている私を見て、お兄ちゃんが妙に優しい顔をする。元々垂れ目がちだから、こういう表情はやけに似合う。

「どうしたのお兄ちゃん？」

「いや、鷹峰さんのことだったんだなって……それ、鷹峰昊司さんだろ？　ならまあ、いいかと思って」

私はぽかんと首を傾げた。そのとおりだけれども。

「お兄ちゃん、鷹峰さんのこと知ってるの」

「ん、仕事で知り合った人」

「ふーん……？」

私は内心不思議に思う。確かに「鷹峰」という苗字は珍しいほうだとは思うけれど、「タカミネ」という響きの名前の人自体はそこそこいるはずだ。どうしてすぐに同じ鷹峰さんだとわかったのだろう？

首を傾げる私に、お兄ちゃんは少し眩《まぶ》しいものを見るように優しく目を細めた。

「そういえばアキくん、英語得意でしょ？　萌希ちゃんに教えてあげてよ」

叔母さんの言葉に、お兄ちゃんが「英語？」と不思議そうな顔をした。

「どうして急に」

私は苦笑して理由を口にする。

「あの、映画をね、字幕なしで観てみたいんだ。それで、休み時間なんかに叔母さんに教えてもらってて」

なにしろ、かろうじてアルファベットが読めるくらいの英語力しかない。昔は得意科目だったらしいのだけれど、当然ながら全く記憶にない。

「あたし英語苦手なのよー」

ね？　と言われたお兄ちゃんは、微《かす》かに眉を上げ、それから「適任がいる」とにやりと笑った。

「鷹峰さん」

「鷹峰さん？」

「あの人、英語めちゃくちゃできるよ」

「そうなの？」

私はそう答えながら、そこでようやく気がついた。

「お、お兄ちゃん。まさか鷹峰さんに先生になってくださいって頼むの？　迷惑じゃ……」

鷹峰さんに教えてもらうだなんて、想像しただけで背中にドッと変な汗が滲《にじ》む。頬も熱い、心拍が妙に速い。

「いいじゃない、萌希ちゃん、恋してみたいんでしょう。鷹峰さんイケメンだし、優しいし、背も高いし、言うことなし」

「お、叔母さんっ」

私は両頬を手のひらで冷やしながら眉を下げた。きっと真っ赤だ……！

でも、本当のことだ。

恋をしてみたい。ほんの小さな憧れだ。

お兄ちゃんは少し複雑そうな顔をしたあと、「まあ鷹峰さんなら、うん、鷹峰さんならな……」と呟いた。私は必死で首を振る。

「ち、違うの。お兄ちゃんも叔母さんも……恋をしてみたいのは、……あの、単純に映画に憧れてて」

「映画？」

「そう。ほら、私色々映画で勉強したから」

入院中、なんとなく言葉がわかり始めた私に、色々な語彙を身につけさせようと両親は古今東西の名作映画を浴びるように見せたのだ。たくさんのモノクロ映画も観たせいか、私の言葉遣いは少し古臭いときがあるようだった。たとえば頓珍漢だとか。

そしてその映画には当然ながら恋愛映画もたくさん含まれていた。新聞記者と恋をする王女様、旅先で出会った魅力的な男性と恋をする未亡人、沈む船で出会う運命の恋人たち。

そんなふうな世界を見せつけられれば、素敵《すてき》な、運命的な恋というものに憧れるようになっても仕方ないのではないだろうか。

「でも、わかってるんだよ。私、多分現実ではちゃんと恋愛できない」

「え？　なんで」

叔母さんは目を丸くしたあと、微かに悲しげに眉を下げた。

「もしかして、傷跡のこと？」

「誰もさあ、いちいちそんなこと気にしないって」

お兄ちゃんもあえてだろう、軽い感じで言ってくれる。私は曖昧《あいまい》に笑って手の甲を撫《な》でた。ここにも残る、事故での傷跡。

全く覚えていない事故でできた火傷《やけど》の跡だ。

額の左側にも、ぱっくりと開いた傷跡がある。そのために私の前髪は少し厚めだ。不幸中の幸いなのか、頬なんかの傷は薄めで、専用のコンシーラーを使えばほとんど見えなくなる。

そんなふうに、私は傷跡を隠して生きていた。

だって——映画で観たのだ。

比較的新しいその映画では、たったひとつの傷跡を気に病《や》んで結婚を諦めた女性がヒロインだった。それをヒーローが『そんなもの気にしない』と一刀両断するのだけれど……私の場合、ひとつどころの話じゃない。くまなく全身だ。

その映画を観て、私はようやく買い物なんかに行くと周りの人がジロジロとこちらを見ている理由に気がついたのだ。

なにしろ、傷跡が痛々しいものだなんて全く知らなかったから。——その日から、私は長袖を手放さなくなった。

その上に後遺症もあって、本来の利き手だったらしい右手の指はあまり動いてくれない。肘に人工関節が入っているせいだ。鷹峰さんといるときにエスカレーターのベルトを掴みそこねたのも、このせいだ。

左に比べると、軍手を何枚かしているような感覚だ。だから物を持つと軽い物でも落としてしまうし、料理をするのも一苦労だ。なんでも私はかつて料理が趣味だったらしいし、今も好きなのだけれど、多分他の人より時間がかかっているだろうと思う。

まあ、慣れなのだろう。こんなふうに思えるのは、かつての私、なんでもできていたという私の記憶がないからなのだろうけれど。

かえって、記憶があったら辛かったかもしれない。あれもできなくなってる、これももうできないって、辛いばっかりだったかも――なんて思いながらお店の机を拭《ふ》こうとお兄ちゃんに背を向けた瞬間、能天気に明るい声が聞こえた。

「ああ、鷹峰さん。すみません休日に」

ぱっと振り返る。お兄ちゃんはスマホを耳に当ててニヤニヤと笑っていた。

「お、お兄ちゃ……」

「萌希に英語を教えてやってもらえないかって……いえ旅行なんかでは。鷹峰さんが一緒ならいいんですけどね安心だから、はは」

スマホの向こうで、鷹峰さんはどんな顔をしているのだろう？

私は顔を覆《おお》った。ひどい、お兄ちゃん、そんなところで行動力がすごい。

「いいですか？　はい、はい……萌希、今日何時まで」

「お昼までよ！」

私の代わりに叔母さんが答える。お兄ちゃんは満足そうな顔をして通話を切った。

「昼過ぎに来るって」

「お兄ちゃん」

「可愛《かわい》くしていけよ、はは」

「セクハラ！」

私はしゃがみ込みそうになる。ああ、もう、ひどい。口から心臓が飛び出そう。

どうしてこんなに恥ずかしいんだろう……と、ふと気がついてお兄ちゃんを見た。

「ところで鷹峰さんって、どんなお仕事をしている人なの？」

英語ができるってことは、そんな関係のお仕事なのだろうか。仕事の種類はあまり詳しくないけれど、輸入だとか、翻訳だとか、そんな感じのお仕事が頭に浮かんだ。そもそもお兄ちゃんの仕事関係だから、記者さんだろうか。

お兄ちゃんはぽかんとして、それからとても優しい顔で眉を下げた。

「……お兄ちゃん？」

「あの人、言ってなかったんだな」

「何を？　仕事？」

お兄ちゃんは頷いたあと、微かに口角を緩めて続けた。

「あの人、自衛隊のパイロットだよ。戦闘機のエースパイロットだ」

意外すぎるお仕事だなあ、と私は少し前を歩く鷹峰さんの広い背中を見ながらぼんやりと思った。鷹峰さんは正午ぴったりにやって来て、ほんの少し頬を赤くしながら『俺でいいなら教えます』と言ってくれたのだ。

両手に、英語のテキストがぎっしり詰まった本屋さんの紙袋を抱えて。思わず目を丸くしてしまった。

そうして、叔母さんとお兄ちゃんに『ここじゃ目が気になるだろ』と『たかなし』を追い出され、近くにある別のカフェに移動中なのだった。

じーわ、じーわ、と蝉《せみ》が鳴いていた。

濃い影が落ちている石畳は夏の日差しでじりじりと焼けている。転《こ》けたら火傷しそうだな、とぼんやり思う。うだるような暑さ、とは今日みたいな日のことを言うのだろう。

ふわ、とやけに爽《さわ》やかな風が吹いて前を向くと、振り返った鷹峰さんと目が合った。

額に汗が浮かんでいるのがわかった。彼の頬が上気したみたいに赤いのは、暑いせいだけなのかな。

思わず息を呑む。鷹峰さんは真剣な顔をして私を見つめて、それから微かに頬を緩めた。

「ここでいいですか？」

「え？　あ」

私はハッとして鷹峰さんが示したカフェを見た。テラス付きのチェーン店だ。こう暑いと、テラスには誰もいないけれど。

カフェに入ると、キンと冷えた空調に知らずほうっと息を吐《は》いてしまう。店内を見渡せば、天井まである窓に面したカウンター席がふたつ空いていた。

「何を飲みますか？　アイスのラテ？」

鷹峰さんは私を座らせながらそう聞いてくる。私はこくりと頷きながら、どうしてこの人は私の好きな食べ物や飲み物がわかるのだろうと不思議に思う。

まあ、私がよく知らないだけで世間一般的なものを私が好んでいるだけかもしれない。

「あの、注文、一緒に」

「座っててください。暑かったから休んでて」

そう言って鷹峰さんは微笑み、レジのほうに向かってしまう。私は申し訳なくて肩を落としながら、窓の向こうを眺《なが》め手の甲を撫でた。

午前中の時点で炎暑と感じた日差しはより強くなり、あたり一面を白く照らしつけていた。眩しくて目を逸《そ》らした私の手元に、こん、と透明なカップが置かれた。

「どうぞ」

「わ、ありがとうございます」

お礼を言いながら目を瞬《またた》いた。トールサイズに、シロップがふたつ。カップに貼られたシールを見れば、ちょっとだけカスタマイズされていた。ミルク多め、――微かに息を呑む。

妙な確信だった。

鷹峰さんは……私を知ってる、かもしれない。かつての、なんでもできたっていう私を。

胸のうちがざわつく。ぱっと顔を上げると、鷹峰さんは不思議そうに首を傾げた。

聞けない。私を知っていますかだなんて。

だってそんなはずがないのだ。知っていたら、最初からそう言うだろうし。

「えっと、あの、お代」

誤魔化《ごまか》すようにモゴモゴ言う私に、鷹峰さんは首を振った。

「とんでもない」

そう言って、鷹峰さんが私の横に座った。アイスコーヒーのカップを持った彼は、少し目を丸くしている。想定外って顔だった。私もおんなじくらいに目を大きくしたと思う。

「へ、変です。だって私、教えていただく立場で……ていうかテキスト代いくらでしたか」

「あの、違うんです、小鳥遊さん……その、俺は……」

鷹峰さんは端正な口元を大きな手で覆い、目を逸らしながら声を掠れさせた。

「あなたとふたりでこうする機会をいただけたことが、嬉しくて……テキストだって、つい買ってしまって。すみません」

「……っ」

私は肩を揺らす。鷹峰さんは目線を少しだけ泳がせて、それから優しく眉を下げた。

「焦《あせ》るつもりはありません。ただ、俺をあなたの世界に入れてもらえませんか」

「私の……世界？」

首を傾げた私に、鷹峰さんは小さく頷く。

「ここまで言ってしまったからには、もうお伝えしておきます。俺は、いずれはあなたにお付き合いを申し込むつもりです」

真剣な声だった。

店内のざわつきがやけに遠くに感じる。指先が震えて、私は手の甲をこっそりと撫でた。ドキドキしてうまく言葉が出てこない。

お付き合い？

「そ、それは」

「男女交際ということです。結婚を前提として」

鷹峰さんははっきりと言った。私は小さく息を呑み、思い切り目線をうろつかせてしまった。だってここまではっきりと言われるだなんて、思ってもみなかった。耳まで熱い。

男の人って、こんなにストレートなものなの？

「そ、その」

「いいんです。返事を今もらえるとは思ってません。ただ」

鷹峰さんはテーブルの上で強く拳《こぶし》を握り、また窓の外に目をやった。

「どうしても俺が嫌いなら、言ってください」

「き、嫌いだなんて、そんな」

「なら」

鷹峰さんの視線がこちらを向く。

「チャンスはあると思っていて、いいですか？」

窓の外で蝉が鳴いている。

私は金魚みたいに口をパクパクしている。だって心臓は早鐘のように打っているし、顔が熱くて、うまく息ができない。

「いいってことで、いいですか」

掠れた声はまっすぐで、力強くずしんとお腹に響くものだった。なのに、どこか弱々しい嘆願が含まれていて――私は気がつけば、押されるように頷いていた。

「お、お友達から、でいいなら」

本当は断るべきなのに。

私と恋愛するのは、きっと鷹峰さんにとってあまりいいことじゃない……と思う。傷跡のこと、後遺症のこと、きっと色々と負担させてしまう。

なのに首を振れない。

だって鷹峰さんが、信じられないくらい嬉しそうに笑っていたから。その精悍な目の端に、小さく小さく、涙が浮かんでいるのが見えたから。

どうして。

どうしてそんなに必死になってくれるの？

もしかして、本当に……過去の私を知ってる？

「あ、あの、鷹峰さん」

「はい」

「ひとつだけ、お聞きしてもいいでしょうか」

「なんなりと」

「……どうして、ミルクを増やしてくれたんでしょうか」

指先で、透明なカップの縁に触れる。ワンサイズ上のパーカを着ているから、手の甲の傷は袖で隠れていた。

鷹峰さんは目を瞠《みは》り、小さく目線を泳がせてから苦笑する。

「すみません、実は色々お兄さんから聞いてしまいました」

「……？　そう、なんですか……？」

私は目を瞬く。お兄ちゃんにそんな、アイスラテのミルクを増やすなんて話をした覚えはないけれど……まあ、どこかできっとしているのだろう。

鷹峰さんが私の過去を知らないことに内心ホッとする。やっぱり考えすぎだったみたいだ、と肩をすくめた。そんな私に鷹峰さんは言う。さらりと、当たり前のことみたいに、明日の天気は晴れですよと言うような雰囲気で。

「妹さんに恋をしているので、と嘆願して」

私は目を瞬き、やっぱりストレートすぎる言葉に目眩《めまい》を覚えそうになる。

恋をしている、って！　恋⁉　私に⁉

鷹峰さんは、ふっと目を細めた。そのまま掠れた声で続ける。

「必死でした。あなたのことを教えてくれと」

そう言ってから、ハッとして私を見、困ったように「すみません」と呟く。

「その……気持ち悪いですよね、俺」

鷹峰さんはまた口元を手で押さえた。目元とか耳朶まで赤い。かなり焦っているのが手に取るように伝わってくる。

「え？　そ、そんなこと」

私は慌てて手を振った。

「そんなこと、ないです。兄が言える範囲と判断したことなら、はい」

まあ、お兄ちゃんもなんでもかんでもペラペラ喋《しゃべ》るような人ではないのだ。だから話していたとしても、あくまで常識の範囲内でのことだろう。とはいっても、私はまだ世間的な常識というものがきちんと身についていないのだけれど。

「本当ですか」

いつも大人で穏やかなイメージの人が、まるで怒られた大型犬みたいにシュンとしてこちらを窺《うかが》っている。思わず肩を揺らして笑ってしまいながら頷けば、鷹峰さんはようやくホッとしたように息を吐いた。

「……よかった」

その顔が、あまりに嬉しそうで、どうしてか胸がキュンどころかギュンとしてしまう。

私は熱い頬のまま、ふるふると首を横に振った。ああきっと、顔、真っ赤だ。

鷹峰さんは窓の外を見て「眩しいな」と呟いた。

「で、ですよね。本当暑いし」

「――でも鮮明だ」

鷹峰さんの整った横顔を見れば、眩しそうに目を細めている。とても幸せそうにも見える表情だった。

「世界に色がつく感覚って、わかりますか」

「……？　すみません。よく……」

色がつく感覚？

これはよくある比喩《ひゆ》か何かなんだろうか。

鷹峰さんは眉を下げた私に視線を向け、目元を和らげる。

「いえ、突然すみません」

そう言ってアイスコーヒーのストローに口をつけ、再び窓を向いた。

「い、いいえ」

答えながら、私も窓の外に目をやる。鷹峰さんが鮮明だと言う夏の街並みは、確かに色鮮やかに見えた。鮮やかなシアンの空に、真っ白な入道雲――飛行機の黒い影がその前を通り過ぎる。

「あ、飛行機」

呟いてから、ぱっと鷹峰さんを見る。鷹峰さんはストローから口を離し、不思議そうに首を傾げた。

「鷹峰さん、パイロットなんですね」

私の言葉に鷹峰さんは少しだけ、ほんの少しだけ、喉仏を上下させた。まるで覚悟を決めるかのような仕草《しぐさ》を不思議に思う。

「はい。航空自衛隊で、戦闘機のパイロットをしています」

そう答える声は、いつもよりやや硬い。

どうしてだろう、と思いつつ、小さく微笑み返す。

「パイロットだなんて、すごいですね」

「いえ——その、お兄さんから？」

「そうです。あの、私、えっと」

少し逡巡《しゅんじゅん》してから続ける。

「その、飛行機好きなんです」

鷹峰さんは目を瞬く。意外だっただろうか。私はアイスラテに目線を落とし、言葉を続ける。

「あの、入院してたことがあって」

記憶喪失だなんて、急に言われたって困るだけだろうから、そのあたりは省いて説明する。

「よく窓から飛行機が見えたんです。そのとき、私、えっと……ちょっと寝たきりっていうか、そういう状態で」

あまりよく覚えていない、まだ言葉も理解できなかった頃のことだ。私が全身怪我《けが》だらけなのに不安で暴れるせいで、どうやらぼんやりする薬を入れられていたらしいのだけれど——そのぼんやりした状態で、ただ窓の向こうを見ていた。青空を飛んでいく飛行機を見るのが、どうしてか好きだった。

大好きな人が乗っているような、そんな気がしていた。

「とにかくまあ、やることなくてぼうっと飛行機見ていて、なんていうんですかね、それで好きになったっていうか」

「——そうですか」

鷹峰さんはきゅっと眉を寄せる。入院と聞いて心配してくれているのかもしれない。

「あ、もう全然大丈夫なんですよ！　病気とかじゃなくて、怪我……事故なんで。すっごく元気です！」

ガッツポーズをしてみせると、鷹峰さんはゆっくりと頷いた。そうして掠れた声で小さく呟く。

「……生きていてくれて、よかったです」

あまりにも感情がこもりすぎて、かえって平坦にも聞こえる声だった。目を瞬く私の前で、鷹峰さんは口元を覆い、小さく言い足した。

微かに語尾が、震えていた。

「本当に、よかったです」

私はうまく言葉が出てこない。

鷹峰さんが、本気でそう思っていることだけは、痛いくらいに伝わってきていた。


それから鷹峰さんは、私に本当に英語を教えてくれるようになった。といってもｂｅ動詞とやらからのスタートだ。小学生が習う内容らしい。それでも鷹峰さんは文句ひとつ言わずに、根気よく教えてくれた。

「ああそっか、Ｓｈｅだから三人称単数なんですね」

あれから一ヶ月。同じカフェのカウンター席の窓の外には、相変わらず入道雲がある。八月半ばの夏空は今が盛りと言わんばかりだ。

私は「日本一わかりやすい！」と冠されたタイトルのテキストを鷹峰さんと覗《のぞ》き込み、左手でテキストに「三人称単数」と書き込んだ。

「……綺麗《きれい》な字ですね」

鷹峰さんがぽつりと呟く。私は目を瞬き、少し首を傾げた。

「そうですか？　ありがとうございます」

鷹峰さんは指先で、そっと私の字をなぞった。直接触れられたわけでもないのに、妙にドキドキしてしまうのはなんでだろう。

「ところで、本当にいいんでしょうか。無料で教えていただいて……」

「無料もなにも、俺としては小鳥遊さんといたいという下心しかないので」

さらりと答えられ、またしても私はひとりで頬を熱くする。

「ですが、どうしても授業料を払いたいと言うのなら」

「言うのなら？」

「——俺と、デートしてください」

デ、デートって何をすればいいの。
クローゼットの前で右往左往しながら、何度もスマホで「デート　服装」とか「デート　何する」とかを検索する。検索しまくる。なんにも解決しなかった。デートってそもそもなんなの？辞書を引けば「男女がふたりきりで日時を決めて会うこと」とあった。それはいつもの英語のレッスンとは違うのだろうか。

鷹峰さんは『とりあえずランチでも』と言ってくれた。

「うー、もう、わかんない……」

呟きながら時計を見れば、もう約束の時間まで一時間を切っていた。うう、と小さく呻《うめ》く。

時間がない、こうなったらなるようになれ、だ。

諦めてシンプルなロングワンピースと白い夏用の長袖カーディガンに決めた。これなら露出も少ない。……というか、そもそも私のクローゼットには色味からしてシンプルな服しかないし、露出も多くない。

足元はスニーカーだ。サンダルやパンプスを履いてみたい気もするけれど、足首にある傷跡が気になる。全く覚えてないけれどお兄ちゃんが昔、右腕同様に「事故で取れかけてた」と言っていた足。

怖くて具体的には聞いていないけれど、撫でてみても傷跡以外に違和感はないから、お医者様が頑張って繋《つな》げてくれたのだろう。人工関節のおかげで、走るのは無理でも歩くことに支障はない……のだと思う。昔、どんなふうに歩いていたのか覚えていないけれど。

何回も手術をしたし何度かもうリハビリしたくないと大騒ぎしたのは覚えているけど……思い出すと恥ずかしくて穴に入りたくなる。幼い子供みたいに泣いて騒いで、周りを本当に困らせた。

でも、なにしろよくわからなかったのだ。気がつけば周りの人は私を喋らせようとするし知らない単語で難しいことを次々に言ってくるし、歩きたくなんかなかったのに歩かせようとするしで、怖くて痛くて、いっぱいいっぱいで。

けれど、ことあるごとに見上げる空に、飛行機があると救われた。なんだかあそこに乗っている人はすごく頑張った人のような気がした。

自然に、私も負けたくないと、そう思えた。

私はふっと息を吐いてカーディガンを羽織り、玄関で靴を履いた。姿見で全身をチェックする。厚ぼったい前髪、暑いのに火傷痕のある首筋を隠す長い髪、全身を隠す服装。

胸の奥がチリっと痛んだ。

鷹峰さんはこんな女のどこがいいのだろう。

軽く唇を噛《か》んでドアを開く。夏の風がぶわりと吹きつけた。シアンの空には入道雲。

蝉がかしましく鳴いている。

九月も近くなってきたというのに、まだまだ夏は終わらないらしい。

バスに乗り、駅前まで出た。北陸新幹線も停まる大きなターミナル駅だ。お能で使う鼓《つづみ》をイメージしたという高さ十四メートルの門が優美に夏空の下で輝いている。私はそわそわとその門をくぐり、キョロキョロとあたりを見回した。

門の先は駅に繋がるガラスドームになっていて、平日だというのにそこかしこに観光客がいっぱいだ。涼しい空調にホッと息を吐き、スマホで時間を確認する。

「まだお昼前か」

待ち合わせまでもう少しある。まだだったのかな、と空いているベンチに座って——目線を上げると、花束を持った鷹峰さんが歩いてくるところだった。

「え」

思わず目を瞬く。私を見つけた鷹峰さんは、その精悍な瞳をにっこりと細め、私の前まで小走りにやってきた。黒いTシャツに濃い色のジーンズ、少しゴツめのハイカットのスニーカーが彼の雰囲気によく似合っていた。

「小鳥遊さん」

彼の手の中にあるのは、向日葵《ヒマワリ》のミニブーケだった。小ぶりな向日葵が半球のように可愛らしい花束になっている。まるで陽だまりみたいなそれにものすごくキュンとしてしまったのは、私が向日葵が好きだってこともお兄ちゃんから聞いたのかなと思ったからだ。

「あの、鷹峰さん。それ」

「……あ、すみません。そこで花屋を見つけて、小鳥遊さんに似合いそうだなと、つい」

鷹峰さんはそう言って、私にそっとその花束を渡す。

「ご迷惑でなければ」

「あ、ありがとう……ございます」

私は目を瞬きながらミニブーケを受け取る。どうやら、今回はお兄ちゃんから聞いたわけではなくたまたま向日葵を選んでくれたらしかった。偶然だろうけれど、余計にキュンとしてしまう。素直に嬉しい。

「あの」

「はい？」

「服、すごく可愛いです」

私は目を瞠り、頬に熱が集まるのを感じながら呟くように言う。

「あ、あの、せっかく誘っていただいたので、その」

「……俺のために選んでくれたんですか」

「えっ……と、その」

言い淀んだあと、小さく頷いた。

鷹峰さんは口元を押さえて嬉しげに眉を下げた。はしゃいでにやつくのを我慢してるような、そんな仕草──思わず見つめてしまう。私の視線に気がついた鷹峰さんは、小さく咳払いしたあと「行きましょう」とごく自然に私の手を取った。指先が熱い気がする！　ドキドキして心臓が飛び出てきそうになりつつ、私はその大きな手のひらを柔らかく握りかえす。

鷹峰さんは、……どうやらいつもよりハイテンションなようだった。それにもドキドキする。私とデートだって、そんなふうに喜んでくれるの。

そんな鷹峰さんは私を見下ろし、優しげに目元を和ませる。

「あの、お兄さんには一応お知らせしているのですが……俺の車に乗るのに抵抗はありませんか」

「車？　え、わざわざ？」

鷹峰さんは頷いた。

「そんなに遠出はしないつもりですが、おすすめのレストランがあって」

「あの、もしご負担でなければ……ぜひ」

「負担だなんて。俺から誘っているのに」

ぎゅ、と鷹峰さんが私の手を握る手に少し力を込めたのがわかった。

鷹峰さんは駅近くの月極《つきぎめ》のパーキングに車を停めていたようだった。ちょっと不思議に思う。

「鷹峰さん、ご自宅この近くですか？」

彼のまだ真新しい国産ＳＵＶに乗り込んで、なんとなく聞いてみる。さっきまで空調がついていたのか、車の中はそこまで熱くなっていなかった。花束は後部座席に置いてくれる。

「俺ですか？　いえ」

鷹峰さんは航空自衛隊の基地がある街の名前を出す。ここから車だと三十分だとか、そこらだろうか。

「そこの、基地の近くにマンションを借りています」

「そうですか」

なんでわざわざ月極を借りているのだろう、と不思議に思いつつ、けれどまあ事情が何かしらあるのかな……とそこで気がつく。

「も、もしかして私に英語を教えるためですか？」

私はきゅっとシートベルトを握った。

鷹峰さんのお仕事がどんな勤務体系なのか知らないけれど、彼はなんと週に二回は私に英語を教えにやって来てくれるのだ。コインパーキングを借りるより、月極のほうが安上がりなのかもしれない。

確かにこの街は都会だし観光地でもあるけれど、私がかつて住んでいた都内とはそのあたりの相場が全く違う。叔母さんが借りている駐車場は、駅から離れていることもあってか、月に五千円もしないのだ。鷹峰さんが借りているここは、もう少しするだろうけれど……！

「も、申し訳なさすぎます。払います……！」

「そのお礼のデートを今してもらってるんだけどな」

そう言って鷹峰さんは困ったような顔をした。

「俺が勝手にしていることですし」

「でも……」

「……じゃあ、もうひとつ、お願いがあるんだけどいいですか」

「もちろんです！　なんでも言ってください……！」

気合を込めて言う私をチラッと見たあと、鷹峰さんは車を発進させながら言った。

「名前で呼んでもらえませんか」

「……え？」

「お互いに」

とても大切なことのように鷹峰さんは言う。それから少し迷ったように唇を引き結び、小さく続けた。

「迷惑でなければ……ダメでしょうか。昊司、と」

私は真剣な鷹峰さんの横顔をじっと見つめる。すごく不思議だ。私が好きだって、はっきりと伝わってくる雰囲気。甘いというより、必死さを感じる。

「どうして……私なんかを、そんなに」

言い淀む私に、鷹峰さんは笑った。

「好きだからです。必死でアプローチしてるんです……俺、あなた以外に恋したことがないんです」

私は目を瞬き、息を呑む。心臓がぎゅうっと締めつけられた。切なくて、――嬉しくて。

「なので、よくわかりません。女性には普通、どうアプローチしたらいいんでしょうか」

そう言って照れくさそうに鷹峰さんは眉を下げた。私はというと驚きすぎて言葉が出ない。

鷹峰さんはすごくモテそうなのに……というかモテているのに違いないのに。かっこよくて、背だって高くて、しかもパイロットだなんて。さっきだって、すごく自然に私の手を取っていた。慣れた手つきで、いつもどおりって感じで――。

あれ？

私は小さく首を傾げた。

私もすごく自然に、彼の手を握り返さなかった……？

当たり前みたいに。

そこまで考えて、そんなはずはないと内心苦笑した。よくわからないけど、混乱してて握り返してしまったのだろう。

鷹峰さんは赤信号で車を止めて、それから私を見て笑う。

「俺、航学《こうがく》出身なんです」

「航学……？」

頭のどこがチリっと弾《はじ》けた気がした。

コウガクなんて言葉、知らないはず。なのにすぐに漢字がわかった。私は一体、どこでこの単語を聞いたのだろう？

「空自の、航空学生です。高校卒業してすぐ入隊して、パイロットを目指すんです」

「へえ」

私は飛行機の話にちょっと興味を惹《ひ》かれる。

「入ってすぐに飛行機の訓練をするんですか？」

「いえ、最初の二年はほぼ座学です。飛行機は本当にたまに。三年めに飛行幹部候補生というのになるんですが、そこで初級操縦課程に進んでようやくT‐7というプロペラ機の操縦訓練に進みます……、ってすみません、飛行幹部とか急に言われてもですよね」

「え？　大丈夫です」

私は首を横に振る。飛行機が好きだから、たまにドキュメンタリーなんかを観るせいだろう、知らない単語のはずなのにすらっと頭にイメージできた。

「とにかくまあ、パイロットになるまで訓練に次ぐ訓練で……ようやく部隊に配属されたのが六年めでした。そのあともイタリア空軍に派遣されて訓練を受けたりで、なんといいますか、女性と出会いなんてありませんでした」

「そうだったんですか」

民間機のパイロットならともかく、自衛隊なんてまだまだ男性ばかりなのだろう。自衛隊のことよく知らないけれど。

「もっとも、周りが女性ばかりだったとしても」

青信号になって、車をゆっくりと発進させながら鷹峰さんは小さく笑う。

「俺はきっと、あなた以外に恋はしていません」

「っ、え、あ、わあ」

いきなり豪速球を投げてこられた気分だ。どっどどっ、と高鳴る心臓に息苦しささえ覚える。

それにしたって、さっき「女性の口説きかたがわからない」と言っていたけれど、私も普通の恋愛なんかわからない。だって私が知っている恋愛は、全部映画の中でのお話なのだ。

私は王女様でも、未亡人でも、貴族のお嬢様でもない。映画の中では、彼女たちは偶然出会ったヒーローと素敵な恋に落ちていた。

果たして現実では、どうやって恋を始めたらいいのだろう。

もしかしてこの胸の高鳴りは、恋の始まりなのだろうか。

両頬を手で覆って視線をうろつかせると、鷹峰さんは小さく笑い、それからいたずらっぽく眉を上げた。

「それで、どうですか。――……萌希、さん。萌希。呼び捨てはだめですか」

鷹峰さんに確かめられ、私はおずおずと頷く。

「だ、大丈夫です」

「ありがとう」

本当に嬉しそうに鷹峰さんは言って、それから「できれば」と続けた。

「一度、名前を呼んでみてくれませんか」

「名前……」

「昊司」

「こ、昊司さん」

私がそう呼ぶと、鷹峰さんは――昊司さんはぎゅっと眉を寄せて目を細めた。一生懸命、何かに耐えている表情だった。

それから、小さく掠れた声で「萌希」と私の名前を口にする。

一瞬、息ができなくなる。

切ない声で彼に名前を呼ばれた、ただそれだけで――それがひどく誇《ほこ》らしいような、泣き出しそうな、そんな気分になって。

「は、はい」

「……呼んだだけ。すみません」

「え、わ、そ、そんなことなくてですね、ええと」

私は半分自分が何を言っているのかわからない。とにかく言い直す。

「ええと、呼んでくれて嬉しい、です」

「よかった」

昊司さんはほう、と息を吐く。

ただ、お互い名前を呼ぶ。たったそれだけのことが、なんだかすごく煌めいて感じた。

昊司さんが連れてきてくれたレストランは、市内から少し離れた山間《やまあい》にあるイタリアンだった。

予約してくれていたらしく、窓際のいちばん眺めのいい個室に通された。バルコニーの先に川があって、開かれた観音開きの窓からはせせらぎが聞こえてくる。

空調はきつくないのに、とても涼やかだ。

テーブルにはグラスがふたつ、隅っこに向日葵のミニブーケを置かせてもらった。

「改めてありがとうございました、向日葵。実はいちばん好きな花なんです。夏らしくて、元気が出て」

ドライブは三十分にも満たなかったけど、私は案外あっさりと彼と会話を交わすことに慣れてしまった。そうなると、一気に距離が近づいた。

不思議なくらい、とても自然に。まるで最初からこうすべきだったみたいに。

――ずっと昔から、私たちはこうだったみたいに。

昊司さんも嬉しそうに頷く。

「気に入ってくれてよかった。薔薇《バラ》もあって悩んだんです」

「そうなんですか。でも昊司さん、本当にすごいです。私の好きなもの、どうしてわかるんですか？　それとも、割と私の感覚って一般的なものなんでしょうか」

「いや……好きな人のことだから、かな」

またさらりとそんなことを言われて、私は心臓がぎゅうっとしてしまう。彼が私を好きでいてくれることが、信じられないくらい嬉しい。頬が熱いのを必死で誤魔化すように、グラスに注がれていたお水をこくこくと飲む。レモンとハーブの香りがついた美味《おい》しいお水だった。

ちらりと目をやれば、昊司さんは少し頬を赤らめニコニコと私を見ている。からかっている雰囲気ではない。本当に彼は私を口説こうとしているみたいだ。真剣に、真摯《しんし》に、一生懸命に。

恥ずかしくて目線を落とす。同時に手の甲にある火傷の跡が目に入った。

身体の中に冷水を注ぎ込まれたような気分になる。――私が傷だらけだと、後遺症がたくさんあると昊司さんは知らないから、こんなふうに優しくしてくれるのだろうか。

……お兄ちゃんから何か聞いてはいそうだけれど……でも実際に目にしたら、私への恋心なんて霧散してしまうかもしれないなあと思う。痛々しくて、同情してしまって、かわいそうだって感情だけになって。

きっとそうなったら、昊司さんは私に「もう好きじゃない」なんて言えないんだろうな。優しい人だから、そんなこと口にできないだろう。

それはとても、かわいそうだなと思う。

胸がぎゅっと痛い。いつか引けなくなる前に、私は彼のそばにいるのを止めるべきなんだろう。引き返せなくなる前に。

「……あの、昊司さん」

「ん？」

嬉しそうにする昊司さんの、緩んだ口角。それを見ていると、とても「もう会えません」なんて言えない。

……ううん、私が嫌なんだ。

いいんだろうか、私みたいな……周りに迷惑ばかりかけているような人間が恋なんてして。

それも、こんなに素敵な人と。

「……なんでもありません。呼んだだけ」

そう言うと、昊司さんはふはっと噴《ふ》き出して嬉しそうに目線を落とす。その目元が赤くて、照れているのだとわかった。それだけで、私はなんだか赦《ゆる》されるような気がした。恋をしてもいいような、そんな気持ちに――。

ちょうどそのタイミングで、パスタが運ばれてくる。

「わ、美味しそう」

トマトとモッツァレラチーズ、それから生ハムがたっぷりと使われた冷製パスタを見て、思わず小さく拍手しかけた。昊司さんはそれにチキンステーキがセットになっている。

「昊司さん、前から思ってたんですけど、よく食べますね」

比較対象になる男の人なんて、お兄ちゃんと、近所に住んでいる従兄《いとこ》のなっちゃんくらいしかいない。ただ、お兄ちゃんもなっちゃんもそんなに食べない。そのせいか、男性としてはふたりともかなり細身だ。昊司さんはがっしりとしている――仕事柄だろうか。

「そうですねえ。身体が資本というところもありますから」

なるほど、と頷いた。

「普段も食生活には気を遣って？」

「まあ、それなりに」

健啖家《けんたんか》らしい。あっという間に目の前の料理を平らげていきながら昊司さんが頷く。

「エイナイにいたときは……あ、基地の中に隊舎があって、そこに住んでたときは三食つきでした。でも今は、アラート勤務以外は基本的に自炊しています」

「アラート？」

「スクランブルってわかりますか？」

私は頷く。緊急発進だとか、そういうことだろう。外国の飛行機や無人機が日本の領空に入って来てしまうことがあって、その対処のために現場に急行するらしかった。

「そのスクランブルの勤務ってことですか」

「そう。それのときは、待機室ってところに二十四時間詰めてます。そのときは食事も運んできてもらうんです。弁当の人もいるけど」

思わずフォークを握りしめた。

「丸一日ってことですか？　眠れないんでしょうか」

そんなに健康に悪そうなお仕事だと思っていなかった。昊司さんは苦笑した。

「大丈夫、仮眠室もありますよ。ただ、スクランブルが発令されたら五分以内に離陸しないといけないので、とりあえず飛び乗って、当該機がどっち方面にいるかもわからないまま飛び立つ感じですね」

昊司さんが手を飛行機に模して、飛び立つような動きをさせる。私はそれを目で追いながら

「へぇえ」みたいな、ちょっと呆《ほう》けたような返事しかできなかった。そんな大変なお仕事なんだ。……みんなを守るために頑張ってくれているんだ。

「そのシフトの関係で、休みがまちまちなんです」

「そうだったんですね……あの、ときどき出張って言っていたのは、別の基地とかに行っていたんですか？」

「ああ、訓練の関係なんかで」

「あ、あのお土産でいただいた焼き菓子美味しかったです。ありがとうございました」

「本当に？　あちら方面に行くことあったら、また買ってきます」

昊司さんは本気で嬉しそうだ。私が喜んだのが嬉しいって顔に書いてある。

思わず噴き出した。

「どうしました？」

「ふふ、いえ、なんでも」

私はなんだか、急にバカらしくなった。私が気にしている傷跡なんて、彼はちっとも気にしないんじゃないかなって。

思い切って、カーディガンを脱いだ。

「暑いですか？」

少し心配そうにする彼に首を振り、ドキドキしながらフォークを再び手に取る。

手の甲にある火傷の痕。

右肘には人工関節が入っていて、縫合痕がまだ生々しい。まだらに残る傷跡もきっと痛々しい。

ちらりと彼を見れば、目が合ったのが嬉しかったのか昊司さんが頬を緩める。ブワッと胸の奥で何かよくわからないあったかい感情が渦巻いた。

「あ、の」

「どうしました？」

昊司さんがフォークを置く。それが窓から入る日差しをきらりと反射させたのを視界に収めつつ、口を開く。

「傷跡、気になりませんか」

「……全部全部、俺に移せたらいいのにとは思います」

昊司さんの声が少し低くなる。そのまま手を伸ばして、私の右手の甲に触れた。少し硬い、男性らしい指先が痕を撫でる。

「こういうの、全身にあるんです。か、顔にも。髪の毛とお化粧で隠してるんですけど」

「そうですか」

昊司さんがゆっくりと目を伏せ、もう一度「そっか」と呟く。

「あの、こういうの無理じゃありませんか？」

「まさか。ただ、苦しい。痛かったんだろうなって、辛かったんだろうなって——俺は」

昊司さんの手が私の手をぎゅうっと包む。

「どうして俺は、君のそばにいられなかったんだろう」

ハッとするほどに辛そうな、掠れた声だった。たくさんの後悔や苦悶でざらついた、そんな声音。

彼はどこまで知っているのだろう？

「あ、兄に……事故のこと、聞いたんですか？」

昊司さんは少しの間のあと、頷いた。

「勝手に色々聞いててすみません……記憶がないっていうのも、知ってます」

私は彼の手の体温を感じながら首を振る。

「ぜ、全然。傷跡の理由気になると思うし。それから、リハビリしてるとこ見られてなくてよかったです。かなりわがままで、子供みたいだったっていうか、あはは」

「俺は支えたかった」

そう言う彼の声は、とても静かだった。なのにどうしてだろう、……慟哭《どうこく》にも聞こえた。

「昊司……さん？」

私の声に、彼はハッとしたように苦笑する。それから小さく「仮の」と続けた。

「もし君と出会っていたらという……仮定の、話だけれど」

「は、はい」

「……すみません。その、傷跡があるのは知っていて……それを、初めて君から見せてくれて……っ、ごめん」

昊司さんは眉を寄せる。精悍な双眸に、涙が滲む。昊司さんはぎゅうっと私の手を包み、しばらく辛そうに眉を寄せていた。

辛くならないでほしい。悲しまないでほしい。

強くそう思う。

どうしてかな、と考えたとき、浮かんだ答えはひとつだった。

私は彼に、恋をしている——みたいだ。

【二章】

私が定期検診に行っている大学病院の医師は、お母さんくらいの年齢の穏やかな女性だ。すっかり気安い関係で、いつもちょっとした雑談もする。

「こんにちは小鳥遊《たかなし》さん。調子はどう？　頭痛や違和感はないかしら」

「はい、変わりありません。……あ、でもちょっと失敗してしまいました」

「失敗？」

はい、と私は肩を落とす。

「私、東京《とうきょう》タワーが先にできていたのを知らなくてお客さんに笑われてしまって」

「先に？　……ああ、スカイツリーより？」

「そうです。ふたつとも最初からあったので」

私の記憶では、という話だけれど。

積み重ねる常識というのはどうしても難しい。東京タワーの高さはなんとなく知ったけれど、スカイツリーがあとでできたとか、かつてはあそこからテレビの電波が出ていたとか、そんなことは誰も教えてくれない。観光地だと思い込んでいた。私が知ろうとしなきゃだめなんだろうけれど、本当に常識って難しい。学校に関する記憶はないけれど、こういうのは果たして学校で習ったりするのだろうか。

というかアメリカと戦争してたなんてことも最近知って目を剥《む》いた。同盟国じゃないのか。ものを知らない自分が、本当に嫌になる。

「でも、覚えました。近代史の本を買って、ずっとですが……あ、東京タワーの映画も観ました。すごく面白くて」

「ふふ、前向きね。それでいいのよ。忘れちゃってるんだから仕方ないわ……ところで」

先生はにっこりと笑い、私の顔を覗《のぞ》き込む。

「他にも何かあったんじゃない？　失敗じゃなくて、とてもいいこと」

「……エッ！」

私はびくうっと肩を揺らしてしまう。頬に熱も集まって——なんでわかるの⁉

「あっ、やっぱり。だってちょっと雰囲気《ふんいき》が華やかっていうか……服装がかわいい」

「あ、わああ、ええっと」

大袈裟《おおげさ》に照れてしまう。今日は半袖のワンピースに長袖のカーディガン、肌色のタイツだ。

ぱっと見はストッキングに見えるのだけれど、脚の傷跡をある程度隠してくれるから重宝していた。

それでもなんだか気後れして、パンツスタイルが多かったのだけれど……昊司《こうじ》さんに「それ可愛《かわい》いですね」と言われた、それだけで私は似たような格好をしてしまう。……昊司さんが、こんな服装の女性が好きなのかなって。両手を頰に当てて唇をモニャモニャさせてしまった。

「ふふ、図星ねー」

「ああもう、からかわないでください」

「どんな人なの？」

「勤務先に来てくださる常連さんで……その、とても優しい人で。英語を教えてもらっているんですけど」

「ああ、字幕なしで映画が観たいんだっけ」

「そうなんです」

ぐっと私は拳《こぶし》を握る。先生は「頑張ってね」と笑ったあと、看護師さんに指示を出した。

まずは採血からだ。注射が苦手なので、私はこの瞬間ちょっとだけ身構えてしまう。それからMRI。これは年に一回らしい。脳から出血がないかの確認だった。今回も異常がないそうで、安心して先生に頭を下げた。

時計を見れば、もう十八時前。かれこれ十時間近く病院にいたことになる。丸一日検査を重ねると、さすがにドッと疲れてしまう。とはいえ、やはり異常なしは安心する。お兄ちゃんにメッセージを送り、スマホを鞄《かばん》にしまった。

そういえば、事故のときも、脳には異常が見られなかったらしい。あったとしても、画像に映らないほどの微量の出血だろうと――そういう場合、記憶が混乱することがままあるそうだ。ただ、たいていは軽傷で、すぐに戻るらしい。

「私はどうして思い出せないのかな」

呟《つぶや》いて頭を撫《な》でる。混乱どころか、私は完璧に記憶を失くしていたのだから。

ときどき、怖くなる。また記憶を失ったらどうしよう。見えないところに傷があって、そのせいでまた記憶を失くしてしまったら……。

外傷性だろうというだけで、はっきりとした原因ではないから、余計に怖いのかもしれない。だって、もしまた急に記憶を失ったら？

原因がはっきりしない以上、その不安はいつも頭のどこかにある。

忘れたくない――胸が痛んだ。お兄ちゃんのこと、両親のこと、叔母さんのこと、従兄《いとこ》のなっちゃんのこと、……昊司さんのこと。

心臓が粘ついたタールに覆《おお》われた気分になって、うまく息ができない。

「少し休憩したほうがいいかもしれない」

そう考え、病院の一階にあるカフェに入り、飲み物を頼んでひとり用の席に腰掛けた。クーラーで冷えてしまったから、ホットのラテだ。

ぼうっと窓の外を眺《なが》める。時刻はちょうど、夕方。もうすぐマジックアワーと呼ばれる時間帯だ。

「──萌希《もえぎ》さん」

不意に女性に声をかけられて顔を上げる。私は「あ」と声を上げて慌てて立ち上がった。

「鳩谷《はとや》さん。こんにちは」

「こんにちは」

鳩谷さんは、お兄ちゃんの同僚の女性だ。お兄ちゃんより何歳か年上の、とても綺麗《きれい》な人で、ときどき私の勤務先である「たかなし」に顔を出してくれるから、なんとなく顔見知りになっていた。手にはアイスコーヒーの透明なカップを持っていた。

「萌希さんもお見舞い？」

「……あ、そんな感じです」

私は誤魔化《ごまか》して笑う。鳩谷さんは「そう」と私の横の席に座る。

「あなたも座ったら」

「あ、はい」

私はちょっとびっくりしながら座る。鳩谷さんとは親しくない……というか、正直ちょっと嫌われている気がしている。お店も空いているから、まさか隣に座られるとは思っていなかった。

嫌われているなんて勘違いなのかも。私が思い切って話しかけてみよう、と顔を上げるのと、鳩谷さんが「この際だから」と少し声を硬くするのとは同時だった。

「は、はい」

「あなた最近、鷹峰《たかみね》さんとふたりで会っているようね」

私は首を傾《かし》げ、それからお兄ちゃんの同僚である鳩谷さんもまた、取材で鷹峰さんのことを知っているのだろうとあたりをつけた。でもどうしてふたりで会っているって？

「『たかなし』で、小鳥遊くんと店長さんが話しているのを聞いてしまったの。ごめんなさい」

「あ、いえ」

小さく首を振ると、鳩谷さんは少しコーヒーを飲んだあと続けた。

「相応《ふさわ》しくないと思うわ」

「……え」

「鷹峰さんに、あなたは相応しくない。別に鷹峰さんに恋愛感情があって邪魔をしたいわけじゃないの。ただ……あたしは彼を尊敬しているのよ」

唐突に始まった鳩谷さんの言葉に、そっと背筋を正した。彼女の声がとても真摯《しんし》なものだったから。

「取材でパイロットをはじめ、自衛隊のいろんなかたに何度か話をさせていただいて、なんてすごい仕事なのって思ったわ。身体を張って、日本の安全のために働いてくださっているの。……そんなパイロットを、家族がいかに献身的に支えているかも。自衛官って、家族を守ることのできる仕事じゃない、ある意味で犠牲にする仕事なの。付き合うなら、結婚するならその覚悟がなければいけないと思う」

「覚悟……」

「あなたにその覚悟ができると思わない。あたし、あなたのお兄さん……小鳥遊くんのこともとても尊敬してる。年下なのに、いつも感嘆してしまうの。彼は深掘りして真摯な記事を書くことができる人——なのに、どうしてその妹であるあなたがそんなにフワフワ浮世離れしているのか、いつも不思議」

「フワフワ……してます、か……？」

自覚している部分もあったけれど、いざ第三者から突きつけられるとガツンと頭を殴られたような気分になる。

「そうよ。なんていうか……天然ぶってる？　そんな気がする。あざとくて可愛く思ってもらえるのって、若いうちよ。恥ずかしくないの、そんな生き方」

私は喉が詰まってしまう。そんなふうに見られていただなんて、思われていただなんて。

俯《うつむ》く私に、鳩谷さんは苛《いら》ついた口調で続けた。

「ほら、黙り込んで。何歳だっけ、あなたって。今まで何を学んできたの？　普段のあなたの言動を見てて、苛ついてたの。ちょっとした熟語や英単語すら、ぽかんとするじゃない。ねえ、ものを知らないのは恥ずかしいことよ。小学生からやり直したら」

私は膝の上で手を握る。そうできたら、どんなにいいか。ちゃんとした、普通の二十八歳の女性として生きられたら、どんなにいいか。

悔しくてきゅっと唇を噛《か》んだ。鳩谷さんは私に向かって眉を上げた。

「そういう仕草《しぐさ》も子供染みているの」

「っ、ご、ごめんなさい」

ハッとして唇を緩める。

わからない。私は他の人が普通に積み重ねてきたものがない。ほとんどは、本や映画、ドキュメンタリーなんかから得た知識だ。

ただ——なんとなく、人の感情の機微には聡《さと》いほうだと思う。何もわからないから、わからないなりに周囲を観察する癖がついたせいだ。だから、鳩谷さんが私を心配して唇を噛まないように言ってくれたのはわかった。

多分、私のことは嫌いでも、鳩谷さん自身は悪い人じゃない。むしろいい人なんだろう。だからこそ、昊司さんのお荷物になりそうな私に釘《くぎ》を刺してくれたのだろう。

それがわかるから、とても悲しくなった。

そんな優しい人から見ても、私は昊司さんに相応しくないのだって。

「……じゃあ、あたしは行くから」

そう言って鳩谷さんはコーヒーのカップを持ち、席を立った。私はというと、ただぼんやりとホットカフェラテを見つめるしかできない。

昊司さんが私を大切に思ってくれているのは、痛いくらい伝わってくる。それが嬉《うれ》しくてたまらない私の感情も、本物だ。

でもそれは、私のわがままなんだろうか。身を引いたほうがいいのだろうか。もう会えませんとちゃんと断ったほうが、いいのだろうか。

私はラテをなんとか飲み干して、ふらふらと病院を出た。むわりと夏の夕方の熱気に身体が包まれる。湿気で呼吸がしにくい気がした。……湿気のせいじゃないか。メンタルの問題っていうか、そういうことだろう。私は鳩谷さんに急所を突かれて弱っちゃっているのだ。

……子供みたいに、浮世離れしてフワフワして。情けないけど、それが私だ。

バス停に続く歩道に立ちすくみ、唇を噛みそうになって我慢した。目の奥が熱い。涙が今にもこぼれそう。

「こんな気持ちを、なんて言うんだろう」

ひとりごとが夏の風に溶けた。

悔しい？　情けない？　苦しい？

私はそれすらわからない。ぐいっと目元をカーディガンの袖で拭《ぬぐ》った。滲《にじ》んだ視界で見上げた夕空は、橙《だいだい》と朱鷺色《ときいろ》が混じっている。

ただひとつ、はっきりしているのは——昊司さんに「もう会いません」と伝えるのは身を切られるみたいに辛《つら》いってことだけだ。

バスに乗り、ターミナル駅まで戻る。頭がごちゃごちゃしていて、少し気分を変えたかった。繁華街をうろついていると、少しずつ空気が夜のものに変わっていく。

ふと、小さな看板が目に入った。

路面店に紛れるように立っている、半地下の古い映画館だ。なにげなく立ち止まって看板を見上げれば、どうやら古い映画のリバイバル上映がメインの映画館らしかった。

私はぼんやりと白黒のポスターを眺める。知らない映画だった。古いイタリアの映画らしい。興味を惹《ひ》かれて狭い階段を下り、チケットを係のおじいさんから購入した。普通の映画館と違って自由に座っていいらしい。

少しだけ気分が上向いた。スマホの電源を落とし、そう広くないシネマのいちばん後ろに座る。私の他には、ぽつりぽつりとお客さんがいるくらいだ。

映画が始まって、私はすぐに白黒の世界に夢中になった。ストーリーがクライマックスを迎える直前、身を乗り出すように観ていた私の横に、誰かが座る。ちょっとびっくりして顔を上げると、そこにいたのは昊司さんだった。スクリーンの明かりで、端正な横顔がぼんやりと見える。

小さく「え」と呟いた私に目線を向けた昊司さんは、ほんの少し頬を緩め唇の前で人差し指を立てた。ハッとして口を噤《つぐ》み、視線をスクリーンに戻す。動揺している私の手を、昊司さんがきゅっと握った。びくっと肩を揺らすけれど、その少しかさついた大きな手は微動だにしない。むしろ力を込められた。

戸惑いながら映画に集中しようとするけれど、そこから先はなんにも頭に入ってきてくれなかった。

映画が終わり、あたりが明るくなる。昊司さんを見上げると、彼は微《かす》かに眉を下げ「急にすみません」と肩をすくめた。そのときようやく、彼の額に汗が浮かんでいることに気がつく。首を傾げた私の手に指を絡めながら、少し掠《かす》れた声で彼は続けた。

「小鳥遊さんから、萌希と連絡が取れないと焦《あせ》った声で連絡があったんです」

「……兄から？」

「電話が繋《つな》がらないと、居場所を知らないかと聞かれて」

「ええっ」

私は目を丸くして、めちゃくちゃに焦る。

「こ、昊司さん、それで探しにきてくれたんですか？」

ん、と昊司さんは目を細めて頷《うなず》いた。安心したような顔だった。

「す、すみません……でも、兄には確かにメッセージを返して……」

「そうなんですか？　病院を出たはずなのに連絡が何もないって。さっき萌希を見つけたと俺から連絡はしたけど」

私は慌ててスマホの電源を付けて——送ったはずのメッセージに「！」マークがついているのに気がつく。きちんと送信できていなかった……！

異常な数の着信履歴にドッと冷や汗が出た。お兄ちゃんに叔母さん、昊司さんからも。

私はスマホを持ったままおろおろと昊司さんを見上げ、半分泣きそうになりながら謝罪を繰り返す。

「ご、ごめんなさ……っ」

「いや、いいんです。映画観てたんなら電話取れないよな」

「って、でも」

「……少し、過保護なのかもしれませんね。お兄さんも、周りの人たちも」

「それは、私を心配してくれて……」

そう言う私の手を、昊司さんは握りしめる。

「少し連絡が取れないくらいで、周囲が色めきだって心配することはないんですよね。──君は大人なんだから」

私は思わず目を瞠《みは》る。

「わ……たし」

「うん」

「ちゃんと大人ですか」

「俺的には、すごく素敵な大人の女性だなと感じてる」

そう言われて、私は肩の荷が下りた気分になる。また泣いてしまいそうになって、でも今度の涙の理由ははっきりとわかる。安堵《あんど》だ。たとえ周りから相応しくないと思われていても、昊司さん自身が認めてくれていると思うだけでひどく救われた。

「ありがと……う、ございます」

思わず声を掠れさせる私に、昊司さんは笑う。

きっと彼も、私のことを心配したひとりなのだろうに、それをおくびにも出さずに目を細める彼と手を繋いだまま、席を立ち映画館を出た。

外はすっかり夜の空気に包まれていた。ごった返す人混み、酔っ払った人の声、どこからか焼肉の匂いが流れてくる。こんなときなのに、ぐう、とお腹が鳴ってしまった。

「わ、わあ」

恥ずかしくておろおろしてしまう私を見て、昊司さんが優しく笑みを浮かべた。私は頬を熱くしつつ、映画館の脇でお兄ちゃんに電話をする。

「ん、うん、ごめんなさい。……はい」

小言を言われて、しおしおとしながら通話を切った。微笑《ほほえ》む昊司さんと目が合って、ふと首を傾げた。

「そういえば、なんで私が映画館にいるってわかったんですか」

昊司さんは微かに目を泳がせて、それから小さく呟《つぶや》いた。

「……勘」

「勘？」

そう、と昊司さんは苦笑した。

「萌希、古い映画が好きだろ？　この辺ではそんなの上映しているのここくらいなんですよ。受付のじいさんに君の写真を見せたら、ああ来てますって言われて。人が少ない上映回でよかった」

「そうなんですか」

私は振り向き、看板を見る。『古い』映画が好き――好きなんだっけ？　映画は好きだけれど。それから私の写真だなんて、いつのまに？

昊司さんに視線を戻した。精悍《せいかん》でありつつも、柔らかな眼差《まなざ》しはただ私を慈《いつく》しむものだ。

きっと、映画の話もしたのだろう。英語を勉強したい理由を話したときにでも。写真だってお兄ちゃんから送られてきたのだろう。そう納得しつつ、丁寧に頭を下げた。汗ばんだ額は、この蒸し暑い中走り回ってくれたに違いないから。

「でも、他にも色々探してくれたんですよね。申し訳ないです」

「……勝手にしたことだから、謝らなくていい」

そう言って彼は私をきゅっと抱きしめる。私は目を瞬《またた》き、頬を熱くしながら慌てる。人前で、と思うけど酔客《すいきゃく》でいっぱいの人混みは私たちを気にもしてない。

「よかった」

本当に安堵している声だった。私はまた謝ろうとして、すぐに口を噤む。謝罪は何か違うだろう。

「探してくれて、ありがとうございました」

顔を上げ、お礼を言う。昊司さんがびくっと肩を揺らした。そんな彼に私は続ける。

「私の記憶喪失、あまり原因がはっきりしていないんです。外傷性は外傷性みたいなんですが、私の頭の中でどこが傷ついたのか、検査でもよくわかってなくて――それで」

私はぞわりと胸の奥に湧いてきたタールみたいな不安を呑《の》み込み言葉を続ける。

「それで、またいつ記憶を失くすのか、それとも思い出すのか、今のままなのか、何もわからないんです。兄も、家族もみんなそれで余計に心配してしまうんだと思います」

昊司さんは私の顔を覗き込み、まっすぐに私を見つめる。

「探します」

「昊司さん？」

「たとえ君が俺を忘れても、また何度でも見つけだします。それで、また君の世界に入れてもらおうと足掻《あが》く。俺が恋をするのは、世界で君だけだから」

「……そのとき私がもう、話せなくなっていても？」

昊司さんは頷《うなず》く。

「あなたのことを覚えられなくなっていても？」

彼ははっきりと頷く。

「どうして」

思わず口をついてそんな質問がまろび出る。

だって私、きっとあなたに相応しくないのに。

昊司さんは苦笑して私からそっと離れた。でもすぐに手を繋ぎ直される。優しい瞳が、ゆっくりと笑みの形を作った。すっかり納得し尽くしたような、静かな微笑み。

「最初からわかってたんです。俺には君しかいないってこと」

しじまに響くような声に、思わず息を止めた。

「君がいない世界で、俺はまるで死んでるみたいだった」

そう言って彼は目を細めた。私はなんとなく、もう会えないなんて彼に言えないなと理解した。私が辛い以上に彼は悲しむ。

きっと死んだみたいに生きていくのだろう。

どうしてそんなに好きでいてくれるのだろう。でもきっと答えてくれないな、と引き結ばれた唇を見ながら考えた。

考え込んだ私を見下ろし、昊司さんが唇を緩める。

「よし、飯でも食いましょうか。腹減ってますよね」

そう言って私のお腹をいたずらっぽく見た。私はちょっと顔を熱くしつつ頷いた。

手を引かれて夜の街を歩く。進むたびに街の匂いが変わった。居酒屋さんの匂いと、バルの匂いは違う。フレンチと和食のお店は匂いが違う。夏の夜、湿度の高い空気をまといながら私はそんなちょっとしたことが、とても新鮮に思えた。そもそも夜の街をうろつくなんて、もしかしたら初めてかもしれない。——記憶を失くす前がどうだったかは、わからないけれど。

「なに食べます？」

「あ、あっと……パスタ、はどうでしょうか」

答えてから、最近イタリアンに連れて行ってもらったばかりだと気がつく。私は少し恥ずかしく思いながら「さっき」と眉を下げた。

「さっきの映画、イタリアの映画で……それで、たくさん料理のシーンが出てきたからお腹すいちゃって」

昊司さんはぽかんとしたあと、楽しげに肩を揺らして笑った。

「わかった。そういえばショートパスタでしたね、最後のシーンに出てたやつ」

「美味《おい》しそうでした。あれ、アラビアータですかね」

「そういや、イタリアンあったな、この辺」

そう言って彼は私の手を握り直す。そうするのが当たり前みたいに。私もそれが当たり前みたいに思ってしまう。

それがすごく不思議だ。

恋心だけじゃない。安心感、穏やかさ、信頼、そういったものがときめきの中に確かにあった。

まだ出会ってそう月日は経っていないはずなのに——。

昊司さんが連れて来てくれたのは、バルにもなっているカジュアルイタリアンのお店だった。

私はペンネアラビアータ、昊司さんはジェノベーゼを注文する。お酒が飲めるお店に来たことはあまりないので、大人な雰囲気《ふんいき》にそわそわしてしまう。それを必死で隠していると、昊司さんが「そういえば」とドリンクメニューを開く。

「お酒は？」

「あまり。たまに叔母さんと呑みますけど」

「何か呑みますか」

「大丈夫です」

昊司さんは、と聞きそうになってハッとする。

「あの、車で来てくれたんですよね」

ん、と軽く頷く彼に眉を下げた。

「ほんとにすみません……お礼に、ここは出させてもらえませんか」

「え、嫌ですが」

さらっと断られてしまった。目を瞬く私に微笑んだ昊司さんは「じゃあジュースでも頼みますか」とドリンクメニューをめくる。

「あ、そういえば……以前、訓練でイタリアに行かれていたっておっしゃってました？」

「覚えていてくれたんですか」

昊司さんはメニューを閉じ、嬉しそうに目を細める。

「はい。戦闘機の訓練ですか？」

「そうです。——あの、俺が今乗っているのがこういうやつで」

昊司さんがスマホを弄《いじ》って表示してくれたのは、鳩の濃い灰色みたいな塗装をされた飛行機だった。飛行機というか、戦闘機なんだろう。F－35というらしい。

「これの訓練で行ってました」

「かっこいいですね。あ、この丸は日の丸ですか？」

飛行機の羽に、周りより薄い色で丸が描かれていた。

「そうです。ステルス機なので、少しでも隠密性を高めるための工夫です」

「なるほど」

返事はしたものの、わかったようなわからなかったような。

「ステルス機って、どんな飛行機なんですか？」

「簡単に言えば、極力レーダーに映らないような素材と形になっているんです。それから、ちょっと特殊なヘルメットをかぶるんですが」

ふんふんと頷く私に、彼はヘルメットをオーダーメイドするためわざわざフロリダにある空軍基地まで出向いたのだと教えてくれた。

「本当に特殊というか、特注なんですね」

「そうです。ヘルメットは機体の赤外線センサーと連動しているので、変な話、ヘルメットのバイザーを通すと自分の足元を透過して地上が見えます」

「……へ？」

昊司さんは微笑んで続ける。

「というか、全周見えます」

私はなんだかポカンとしてしまった。そんなロボットアニメみたいな……映画で何本か観たことがある程度だけれど、そんな技術が実用化されているだなんて。ちなみに計器もタッチパネルだそうだ。

「すごいですねえ……鳥になった気分になれそう」

「はは、そう言う人もいますけど、俺は」

昊司さんはほんの少し目を伏せた。

「俺は空酔いしやすいので、最初は少し酔いました。視界がありすぎて」

「空酔いなんてあるんですか。大変ですね」

「大変？」

昊司さんは視線を私に向けて、微かに眉を寄せた。不快とかじゃなくて、ただ苦しそうな、そんな表情。

「そんなことありません。俺なんかが大変だの苦労しただのなんてとても言えない」

「そう……なんですか？」

思わず気圧されると、昊司さんははっとしたように笑う。

「今は全く酔いませんよ」

「よかったです。あの」

私はふと、聞いてみたいと思う。彼は——鳥のように翔べるようになった彼は、幸福なのだろうか？

「飛行機は楽しいですか？」

私の質問に、昊司さんは一瞬目を瞠る。

「……あの、変な質問でしたか？　というか失礼でしたよね……!?　す、すみません」

お仕事で飛んでいるのだ。楽しいも楽しくないもない。けれど昊司さんは「はい」と微笑んでくれた。

「楽しいです、飛行機に乗るのは」

「……！　よかったです」

私はやけに安心した。よかった、と強く思う。昊司さんのことなんにも知らないのに、彼の念願が叶《かな》ったような気分になる。それがすごく嬉しい。彼が空を手に入れられたことが、どうしてかすごく誇《ほこ》らしい。

「あ、イタリアにいらしてたなら、さっきの映画、言葉もわかったんですか？」

ふと聞いてみると、昊司さんは首を横に振る。

「いえ、残念ながら訓練は英語だけだったのでそれほど。ただ、素敵《すてき》な映画でしたね。最高のハッピーエンドでした」

頷く私に、昊司さんは嬉しげに口角を上げた。彼の瞳はきらきらと私を見つめている。私もきっと、同じような表情をしているのだろう。

帰宅して、お風呂に入りながら私は考える。湯気に曇る浴室の鏡に映った、傷跡だらけの身体――これがひどく嫌だと思うこともある。過去のことを覚えていないせいで、どこかフワフワしてしまう自分自身も。

でも、私はもう昊司さんとの関係において事故のことは気にしないことにした。傷跡のことも、記憶のことも。

あんなに優しく心を寄せてくれているのに、引け目を感じるのはかえって失礼なのかもしれないって、そう思った。記憶がないってことも知ったうえで、あんなふうに好きだと伝えてくれていたのだし。

鳩谷さんに言われたことは気にかかる。でも今からでも、やれることはたくさんあるはずだ。いろんな勉強をして、経験を積んでいけば、きっとちゃんと「普通」になれる。

後遺症——右手に力が入らないことも話した。どうやらこれは接客中の動きを見て察してくれていたらしい。単に左利きと思われることが多いから、少し驚いた。隠していたつもりだったのに。

「何か難しいことがあれば、なんでも頼ってもらえたら嬉しいです」

そうは言ってくれるけれど、私の目標はひとり立ちなので、まずは自分でなんでもやれるようになりたいのだ。それを伝えると、昊司さんは「君は強いな」と言う。

「そんなこと、全然。結局、周りに頼ってしまいますし」

「それも大切なことだと思いますよ」

そう言って穏やかに笑う彼のことが、やっぱり好きだと——そう思った。

それにしても、恋すると世界が急にきらきらしたように思える。世界に色がつく感覚、と昊司さんが言っていた理由がわかった。なんだか鼻歌なんて歌っちゃうし、連絡来てないかなってスマホがやけに気にかかるし、急に髪型やメイクが気にかかる。

「アイラインの引き方？」

バイトの休み時間、私のスマホを背後から覗き込んできた叔母さんが、ちょっとからかうみたいに言う。私はばっとスマホを隠し、唇を尖《とが》らせた。

「な、なんでもありませんよう」

「いいじゃないの〜。鷹峰さんでしょ？　順調みたいでなにより、なにより」

「もー……」

頬が熱い。片手で仰《あお》ぎながら、窓越しに少し秋めいてきた空を見上げた。ついー、とアキアカネが通り過ぎていく。

「どんな感じなの？」

「どんな感じ、って……ええと」

私は眉を下げた。

「……あのね叔母さん。私、普通の恋愛ってよくわからないんです。情けないですよね、もう二十八歳なのに」

休憩室のデスクに、私はスマホを伏せて置いて、ちょっと俯く。

ここ六年ほどの記憶しかないにせよ、私は立派な大人なのだ。こういうところが浮ついていると言わしめる所以《ゆえん》なのだろうとは自覚している。叔母さんは不思議そうな顔で首を傾げた。

「ん？」

「ええと、つまり。私が知ってる恋愛って、物語の中のものなので、その……」

言い淀む。わからないことだらけの日常だけれど、恋愛となるとさらによくわからない。そんな自分が本当に情けなくなる。昔の、なんでもできたっていう私ならどうしていただろう。

叔母さんの「ふふふ」って楽しげな笑い声に目線を上げると、彼女は優しく目を細めた。

「鷹峰さんがストレートに気持ちを伝えてくれることとかが、いわゆる『普通の男性』のとる態度なのかわかんないってこと？」

私は目を瞬き、小さく頷く。そんな私に叔母さんは笑った。

「あのね、彼、かなり普通じゃないと思うよ」

「そうなんですか……？」

「萌希ちゃん好きすぎてもう必死って感じ。初恋に戸惑ってる高校生みたいよね。でも、いいんじゃない、それだけあなたが好きなのよ。アキくんだって鷹峰さんならって言っているんだし、お堅いお仕事だし。いいのよ、普通が何かなんて悩まなくて」

「そう、なんですかね……それに、いつも私に合わせてくれて、なんだか申し訳ないのもあるんです」

「いいのよ、あなた口説かれ中なんだから甘えておきなさい」

叔母さんの言い方が面白くて、少し笑ってしまう。叔母さんは優しく頬を緩めながら続けた。

「あなたは記憶がないこともあって、それを乗り越えようって『普通』にこだわるところがあるけれど……いいんじゃない、鷹峰さんとあなただけのオリジナルで」

私は目を丸くして、それから小さく笑い頷いた。普通じゃなくてもいいのだろうか。

「考えてみます。ありがとう、叔母さん」

「ところでもう付き合ってるの？　何回もデートしてるでしょ？」

「……？」

目を瞬き首を傾げた。鷹峰さんは交際を申し込むと言ってくれていたけれど……。

それにしても付き合う、とは。デート何回目で付き合うとか、そんなルールがあるのだろうか。

「まあ、いいわよねゆっくりペースで」

柔らかく笑う叔母さんを見ながら、あとで検索してみようって思う。『付き合う　どうやって』とかで。

検索結果、それから色々考えた末に出た結論は「私はあなたが好きです」と伝えるべきだってことだった。

「どう伝えればいいんだろう」

私は相変わらずクローゼットの前で右往左往している。クローゼットの服の色味は、夏前に比べてちょっとだけ鮮《あざ》やかだ。

悩みに悩んで、オフホワイトのふんわりしたワンピースを選ぶ。薄手のパーカを羽織って少しカジュアルめにしたのは、昊司さんがいつもそんな感じだからだ。アウトドアっぽいというか、カジュアルというか。なんとなく合わせたほうが……そう、お揃《そろ》いっぽい感じがして胸が弾《はず》むのだ。こういうの、みんなある感覚なのかな。

鏡の前で、アイラインの長さについて悩む。スマホで動画を見ながら、なんとかラインを引き終わる。チークの入れ方にまでこだわる。きっとどうメイクしたって、そんなに変わらないのだろうけれど。

スニーカーを履いて玄関を出て空を見上げれば、そこはまだ夏の色を残していた。九月の半ばも近い。風は少しずつ秋の匂いになってきていた。

まだ待ち合わせまで時間がある。マンションの前、植え込みの近くに立ってスマホを弄る。

落ち着かなくて早く出てきてしまった——千切れた雲が少し速く流れていく。

マンションの前で立っていると、しばらくして昊司さんの車が到着した。

「部屋で待っててくれてよかったのに。暑くなかったですか」

昊司さんは勝手に外で待っていた私にも優しい。私はふるふると首を振って、なんだか慣れてきた助手席に乗り込む。

「今日少し歩くから、足痛んだら言ってください」

「ありがとうございます。でもそんなに足には後遺症ないんです。あんまり走れないくらいかな？」

「そうですか」

昊司さんの運転はすごく丁寧だ。パイロットさんってみんな車の運転も上手なのかな。それとも昊司さんが器用なんだろうか。

今日は昊司さんの住む街にある公園でのデートに誘ってもらった。公園と言っても遊具のあるようなところではなく、花々が楽しめるようなところとのことだった。そこに秋バラを見に行って、ランチをして、少しだけ英語の勉強をして夕方には送ってくれると言っていた。

ちなみに、電車でそちらに行きます、帰ります、という主張はまるっと却下された。過保護に大切にされていると思うけれど、それは子供にするようなものではない気がしていた。

ただひたすら大切に、大切にされているのがわかる。

「わあ」

公園について目を丸くする。秋バラは蕾《つぼみ》だったけれど、まだ向日葵《ヒマワリ》が太陽を向いて明るいオレンジを咲かせていた。こっちを見せたかったのか！

「びっくりしました？」

ひょい、と私を覗き込む彼の顔は、得意満面な子供みたい。かっこいい人のはずなのにすごく可愛くてキュンとしてしまう。

「向日葵なんてもう咲いてないと思ってました」

「遅咲きらしいんです」

普通の向日葵より、少し色が濃い。私より背が高いそれは、昊司さんよりは低い。

見上げた先で、昊司さんが私を見て目を細める。暑いせいか、額に少しだけ汗が滲んでいる。

風が吹いた。秋の匂いに、土の匂いが混じっている。昊司さんは初秋の優しい日差しに目を細め、私に向かって手を伸ばす。

男性らしい硬い指先が、私の髪をそっと耳にかけた。それから――おそるおそる、といった手つきで私の前髪をかき上げた。

傷跡のあるそこに、彼はそっと唇を落とす。太陽が触れたかと思うほど、キスされたところが熱い。

「大好きです」

昊司さんはそう言って、前髪を丁寧に整えてくれた。私は多分、真っ赤なのだろう。耳や首筋まで熱かった。

ばっ、と見上げると、昊司さんも真っ赤だ。

彼はそのまま私の手を繋ぎ、ゆっくりと歩き始める。私はというと、もう太鼓《たいこ》みたいにどこ鳴っている心音を感じながらちょっと後悔していた。だって、さっきあのキスだったでしょう、「私も大好きです」って伝えるタイミングは！

向日葵を背後にふたりで写真を撮る。昊司さんがスマホを持ち手を伸ばして、ふたりくっついて、私は一生懸命に口角を上げた。ちょっとでも可愛いと思ってもらえる表情がしたかった。

「可愛い」

写真を確認しながら昊司さんが呟いて、それから苦笑した。

「俺の顔、ひどいです。緊張してて」

「そんなこと」

いつもどおりの精悍でキリッとしたかんばせ――は、もしかして緊張しているからなのだろうか。思わず噴《ふ》き出す。

「ふ、ふふふ」

「そんなに笑わなくても」

優しい苦笑を向ける彼に、そっと微笑みを返す。

「違うんです、だっていつもと同じ顔だから」

昊司さんはぽかんとしたあと、口元を押さえて「まじか」と呟いた。

「それ、すごく恥ずかしいな」

「まさか、本当にいつも緊張してるんですか？」

「してます。萌希のこと大好きすぎて、いつだってどんな顔すればいいのかわからない」

そう言って眉を下げ、優しく笑う。頬が赤いし、緊張してるらしいせいでキリッとしてる。かっこいい人なのに、可愛くてたまらない。

「……し、も」

声が震えた。私はきゅっと唇を噛む。それから昊司さんを見上げて、はっきりと口を動かした。

「私も、好き、です」

風が、ざあっと向日葵畑を揺らし通り過ぎていく。心臓が震えている。一生懸命に私は言葉を紡ぐ。

「わ、たし……記憶のことも含めて後遺症があって、きっと迷惑かけると思うんです。でも、頑張るから」

　昊司さんが目を見開いたまま、小さく首を振り、私の手を取る。指先が揺れる――私の指か、彼の指が震えているのか。

「だから、その、昊司さんと一緒にいたい」

　しどろもどろになってしまいつつ、気持ちを伝える。

　なぜか急に安心した。ようやく伝えられたとホッとした。

　ずっと伝えなきゃと思っていたことを――出会う前から、そのもっと前から、彼に伝えなきゃと思っていたことを言えたような、そんな気持ちになる。一緒にいたいと、伝えたかった。

　私と一緒にいて。

　ああ、私は、ずっと、昊司さんを探してた。

　それに気がついて、ぽろっと涙がこぼれた。

「萌希」

　くるおしい声で彼は私を呼んで、私をぎゅうっと抱きしめる。

「もう絶対に離さない、萌希」

　私は彼の広い背中に手を回し、小さく頷く。

「離さないで」

約束する、と昊司さんは掠れた声で、でも真摯にまっすぐに言ってくれる。

私は、どうしてか、とても安心した。

ようやくあるべき場所に戻って来た――ような、そんな気がした。

「その、よければ、萌希が嫌でなければ、家に来ませんか」

公園の駐車場でそう緊張の面持ちで言われ、私は目を瞬く。どう答えればいいのかわからなかった。

もちろん、行きたい。でもそれは、そういった――つまり、性行為がしたいという誘いなのだろうか。飛躍しすぎだろうか。

私にも、男女がそういった行為をするくらいの知識はある――恋愛ものの映画を見ていれば、ままあるシーンだからだ。

でもそうなると、私はこの傷だらけの身体を昊司さんに晒《さら》す必要がある……のだろう。

熱が顔に集まった状態で色々考えている私に、慌てたように昊司さんが言う。

「っ、あの、決して下心があるわけでは」

「な、ないですか」

それはそれでショックかもしれない……のはなんでだろう。私の表情を見てか、昊司さんが慌てる。

「いや、その、正直……あります。ありますが」

困ったように、照れたように、緊張を隠せていない顔で彼は続ける。

「萌希の嫌がることは絶対にしない、と約束します」

まっすぐな目だった。私は頷きつつ、ちょっとワクワクし始めていた。

昊司さんの部屋に、興味があった。どんな家に住んでいるんだろう？　アウトドア系なイメージだし、色々グッズとかもあるのかな。

――……と思っていた私だけれど、いざお邪魔して少しびっくりした。

とてつもなく、シンプルだ。基地に近いという、ワンルームマンション。ベッドの他には本棚とローテーブル、テレビがあるだけだ。ラグさえない。聞けば冬も敷かないという。

「すみません。よく考えたら女性を招けるような部屋じゃなかったな。いやでなければ、ベッドに座ってください」

おずおずと頷き、隅っこに腰掛ける。そうしてやけに真新しいテレビを眺めていれば、何か観ますかと映画を薦められた。私は首を振った――ぼうっとしていたのは、私のほうこそ昊司さんに見せたいものがあったからだ。

緊張していた。そんな私に昊司さんは「すみません」と優しく苦笑した。

「離れたくなくて、つい強引に連れて来てしまいました」

私は弾かれたみたいに首を振る。

「そ、そんなんじゃないです」

そうして、少し震えた声で続ける。

「私も一緒にいたかったんです……」

昊司さんが「信じられない」と「嬉しい」が混じったような顔をする。そうして次の瞬間には、彼の腕の中に閉じ込められていた。

「昊司さん……」

「すみません。大好きだ」

「わ、私も」

恥ずかしくて弱々しい声になりつつ、続ける。

「好きです」

「――嬉しい」

そう言って彼は私の頬を撫《な》でる。上を向けば、前髪をかき上げられ、そっと額にキスされた。

「大切にします」

肋骨の奥がときめきで溢れかえる。恋心で心臓がばくばくと高鳴っている。昊司さんは、こめかみや頬にも唇を落としてきた。大切にされてるって、慈《いつく》しまれているってわかる仕草《しぐさ》。

「……あ、の。見せたいものがあるんです」

私は彼の腕の中で身を捩《よじ》る。昊司さんが不思議そうに私を見つめた。彼の腕の中でもっとうっとりとしていたかったけれど、先に知らせておくべきものだろうから。

私は緊張に耳の奥が痛くなるのを覚えつつ、すっくと立ち上がると思い切ってパーカを脱いだ。昊司さんがぽかんとしている。当たり前だ、急に脱ぎだしたんだから。

でもちゃんと見せておくべきだ。

するり、とワンピースも脱いでしまう。

「も、萌希？」

あたふたと昊司さんはどこに視線を向けたらいいのか、みたいな顔で視線をうろつかせる。

「きゅ、急にすみません。でも見てもらってたほうがいいと思って」

事故の傷跡。手術の傷跡。まだ生々しく残る全部を彼に晒す。

昊司さんがハッと息を呑んだ。

「これを見せておきたかったんです。気にしないでおこうと思っているんですけど、……もし嫌だったら、その、あまり見せないようにしますので」

服を着ようとした私を、立ち上がった昊司さんが抱きしめる。震える指先に、そっと彼を見上げた。彼の涼やかな双眸《そうぼう》から、ぼたぼたとこぼれて落ちる涙。

「昊司、さん……」

「……っ」

昊司さんが私の背中を撫でる。見えないけれど、背中にも傷跡があるのが皮膚《ひふ》の盛り上がりでわかっていた。

「あの、……気持ち悪くないですか」

「気持ち悪いわけがあるか……！」

激情に包まれた声だった。思わず肩を揺らした私に、ハッと昊司さんは眉を下げて「すみません」と呟く。

「そんなはずがない、気持ち悪いだなんて、そんなふうに思うはずが……」

ぎゅうっと強く抱きしめられる。どれくらい時間が経っただろう。私はその間、昊司さんの息遣いだとか、鼓動だとか、そんなものをずっと感じていた。

ふと、泣きやんだ昊司さんが顔を上げる。まだその目は赤いけれど。

「萌希」

「はい」

「君は綺麗だ。俺は、君ほど綺麗な人を他に知らない」

あまりに真剣な表情に、思わず息を呑んだ。

「……どうかそれだけは忘れないでください」

そう言って、唇に彼のものが押しつけられる――キスをしている。目を瞬く私は、それを理解するにつれ顔に熱を集めてしまう。

触れるだけのそれが、――少しずつ、深くなる。唇の間を優しく割る彼の舌先。気がつけば、自然に唇から力を抜いていた。彼の舌が、ぬるりと口内に入ってくる。それは私の口の中をとても優しく、ゆっくりと舐《な》め上げていく――歯列や、頬の粘膜や、口蓋《こうがい》を――どうしてだろう、ドキドキしてときめいて苦しいのに、同時に私は理解していた。このまま彼に任せておけばいいのだと。

この確信めいた感情は、一体何……？

それについて深く考える間もなく、彼の舌先が私の舌を突く。さすがにびっくりして舌を丸めた私の後頭部を、昊司さんは宥《なだ》めるように優しく撫でた。ふ、と力を抜いて彼に身体を委ねる。

唇を重ねたままベッドに優しく押し倒され、のしかかられて――でも、体重がかからないよう、気をつけてくれているのがわかった。

そんな、ちょっとした仕草にキュンとする。大切にされているとわかる。

舌と舌とを擦《こす》り合わされ、誘い出された舌を昊司さんがちゅっと吸った。甘く痺《しび》れた感覚が背骨を伝って腰のあたりを疼《うず》かせる。私はびっくりして身体をこわばらせた。

なに、これ。

明確に感じた官能におののいている私の耳を、昊司さんがそっと撫でた。硬い、男性らしい指先が耳朶や耳孔の入り口をくすぐる。

「う……んっ」

喉から甘えた息が漏《も》れた。恥ずかしくて息を詰める。な、に今の！

昊司さんが唇を離し、「はあ」と低く息を吐き出した。つ、と唾液で糸が繋がる。こんなに深く私たちはキスをしていたんだって、その証拠みたいに。

は、はあ、と浅く息をしながら陶然《とうぜん》と彼を見つめる。きっと彼はこんなキス、何回もしてきたんだろう……そう思ってしまうほど、彼は慣れていた。昊司さんは私の頬をくすぐり、そっと目を細める。

「――昊司さん、キス、上手ですね」

思わずこぼれた言葉だった。慌てて口を噤む。

おそるおそる彼を見上げると、昊司さんはゆっくりと目を細めた。低く澄んだ、透明感のある、嘘《うそ》なんて全くないと確信できる声で「俺は」と口を開く。

「俺は、あなた以外に触れたことはないですよ」

思わずぽかんとした。私以外には……って。じゃあ、よほど器用なんだろうか。

「萌希。……このまま君を抱いていいですか」

じっと私を見下ろしてくる、真摯な瞳。そこにはいろんな感情が渦巻いているように思えた。

「下心……性欲があるのは否定できません。でもそれ以上に、俺は……いま君がここに、俺の腕の中にいると感じたいんです」

真剣な言葉に、彼を見つめ返したまま頷く。

昊司さんは一瞬、泣きそうな顔をした。思わず手を伸ばす。

「泣き虫なんですね、昊司さん」

「……そうなんだ」

そう言って彼は眉を下げてとても幸せそうに笑い、私の首筋に唇を這《は》わせる。くすぐったくて身を捩ると、昊司さんも楽しげに笑う気配がした。彼が笑っていると、とても嬉しい。

なのに最初くすぐったいだけだった感触が、少しずつ変わっていく。じわじわと、熱を染み込ませたみたいに。

「ひゃ、っ」

可愛くない、でも高く上擦《うわず》った声を上げたのは、鎖骨を甘く噛まれたからだ。鎖骨なんか、きっと官能的な場所でもなんでもない――はずなのに、彼に噛まれ舐められれば、不思議なほど下腹部に熱が集まる。

「あ、やだぁ……っ」

とろ、と自分の足の付け根が濡《ぬ》れる感触がしてひどく恥ずかしい。痒《かゆ》いくらいに付け根が疼く。私、ちょっと触られただけでこんなふうになってしまうくらい、淫《みだ》らなんだろうか。

……昔から？

私はひどく悲しくなる。嫌だなあと思ったのだ。記憶を失う前、もしかしたら私は昊司さん以外の男性と付き合っていたのかもしれない。身体を許していたのかもしれないって……。

「萌希？　怖いなら」

腕をつき、私の顔を覗き込み昊司さんは優しく笑う。

「無理強いはしませんから」

「——そ、うじゃなくて」

私は彼の首に腕を回し、抱きついて声を震わせる。

「私、もしかしたら初めてじゃないのかもって……嫌なんです。あなた以外に触れられたくなんかないのに」

本能的な叫《さけ》びだった。私には昊司さんだけだって、お腹の奥で誰かが叫んでいる。

「だから……」

「大丈夫」

昊司さんは少し掠れた、優しい声で言った。

「大丈夫。萌希に触れたことがあるのは、俺だけです」

確信めいた声――だった。

「でも、わからない……」

呟いた口が、深いキスで塞《ふさ》がれた。再び舌で口の中をぐちゃぐちゃにかき回されて、頭の芯もジンと痺れる。さっきより激しいキスにすっかり身体から力を抜いた私に、ほんの少しだけ欲を滲ませた声で彼は言った。

「お願いします。俺のことだけ、考えて」

「昊司さん……んっ」

自分から漏れた、上擦った高い声に戸惑う。

昊司さんが私の胸に触れていた。ぎゅっと彼のTシャツの袖を握る。昊司さんはじっと私を見たあと、こめかみにキスをして――そうして、するりとブラジャーを脱がせてしまう。ホックが外れる解放感に息を吐くのと、羞恥《しゅうち》で眉を寄せてしまうのは同時だった。

昊司さんは私の眉を優しく撫でて、それから頬にキスを落とし、直接私の乳房に触れる。

「怖くないですか？」

「は、はい……」

羞恥で叫びだしそうになるのをこらえるため、口元に手を当てて頷く。昊司さんの男性らしい喉仏が、わずかに上下した。きゅっ、と胸の先端を指先で甘く摘《つ》まれる。

「あぁっ」

我慢したかったのに、また声が漏れてしまう。私を見下ろす昊司さんの視線に、徐々にはっきりと欲望が籠《こ》もり出す。恥ずかしくて、嬉しい。昊司さんがじっと私の様子を窺《うかが》いながら、ゆっくりと先端を口に含む。生々しい体温と、舌の独特の柔らかさ。ざらざらした別の生き物みたいなそれが、先端を弾くように弄る。

「は、ぁあっ、あんっ」

ビクビクと腰が震えた。舐められているのは胸なのに、下腹部に切ない熱が溜《た》まる。お腹の奥が、じゅくじゅくに熟れていくかのような感覚——……どうにか逃したくて、私は太ももを擦り合わせた。

その太ももを、昊司さんの大きな手が這った。くすぐったさと、官能の、ちょうどあわい。

「ぁ、んっ」

私は昊司さんの短い髪に触れ、そのままそっと頭を抱きしめた。なんだかとても、愛おしかった。どこか母性本能に似たこの感情は、果たしてなんという名前なのだろう。

昊司さんがちゅぽ、っとわざとのように音を出し胸の先端から口を離す。私をじっと見つめながら、太ももの内側を撫で上げる。同時に胸の頂《いただき》を、舌を固くしてつんつんとつついてきた。

「あ、や、だめ」

気持ちよくて腰が疼く。昊司さんは嬉しげにべろりと大きな舌で乳房ごと先端を舐めた。ざらざらした、生ぬるい感触――何度もそうしながら、足の付け根に指を這わせてくる。

くちゅ、と明らかな水音がした。恥ずかしくて顔がこれでもかと熱い。思わず顔を覆う私に、昊司さんはいつもよりワントーン低い声で言う。

「顔、見せてください」

「や、です。恥ずかしい……」

「お願いします」

昊司さんは胸の先端をちゅっ、と吸ったあと、甘噛みまでしながら言葉を続けた。

「俺は、君が生きてここにいるんだと実感したいんです」

「生き、て……？」

「そう」

彼は私の乳房に頬を寄せる。

目をやれば、色づいた先端は硬く芯を持ち、彼の唾液でぬらぬらと光っている。すごく淫らだと思うのに、胸に頬を寄せ目を閉じた彼は、ひどく心細そうに見えた。

私は顔から手を離し、そっと彼の頭を撫でる。昊司さんが目を開く。私は小さく微笑んだ。

「聞こえますか？　心臓の音」

「……ん」

彼は頷き、左の乳房の内側に、何度もキスを落とした。私の心臓が動いていることが、嬉しくて仕方ないみたいな仕草だった。

ぴりっと痛みがして、目をやればほのかに鬱血《うっけつ》している。強く吸いつかれたらしい。

「生きていてくれて、ありがとう」

掠れた声だった。本心からそう言っているのだと、はっきりとわかる。

彼は、思わず息を詰めた私の脚の付け根にあった指を動かした。ぐちゅ、とさっきよりよほど淫らな音を立て、クロッチをずらされた。そうして、指で直接肉芽を摘まれる。

「あ、だめ、それ、ゃあ、っ」

触れられたところに、神経が全部集まってしまったみたい。私は目を見開き、鋭敏《えいびん》に淫蕩《いんとう》に感じてしまう自分に怯《おび》える。なにこれ、こんなの、だめ。

昊司さんは指で挟んで摘まんでみたり、ぐりぐりと指の腹で潰したり、爪で微かに引っかいたり、と忙《せわ》しない。なのに視線は私の顔に固定されていた。私の表情を、ひとつも取りこぼしてなるものかと、そんな双眸――。

「あ、やあっ、ふ、ぁっ」

触られるたびに、入り口からとろとろと蜜のように水分が滲み出る。昊司さんはそれを指ですくい、肉芽に擦り付けるように動かす。にちゅにちゅと、聞くに堪《た》えない淫らな音がする。

「ふ、ぁあっ、んっ」

媚《こ》びるような、上擦った甘い啼《な》き声が恥ずかしくてたまらない。そうされていると、お腹の奥に溜《た》まった切なさが、さらに熱を帯びる。

「こ、昊司さ……ぁ、っ」

「ん」

優しくて穏やかな声なのに、彼の指は肉芽を苛《いじ》めるのを止めてくれない。むずむずと快楽が膨らんでいく。私はぎゅっと目を閉じて、それが水風船みたいに弾けるのを感じた。頭の中に電流が走ったみたいだった。

「ぁ、あああ……っ」

自分のナカが、ひどくうねっているのがわかる。はあ、はあ、と肩で息をした。痺れてしまったような感覚に言葉が出ない。

「可愛い……」

シーツに身体を沈め、ただぽかんと宙を見つめる私に昊司さんは言って、何度もキスを落としてきた。こめかみや、汗ばんだ傷のある額や、頬や、頭に。そうして肩の傷跡をそっと撫で、そこにも唇を落とされる。されるがままになっていると、するりと濡れそぼった下着を脱がされる。昊司さんは私の腰骨あたりを撫で、そこにもキスをして、ついでのように甘く噛んだ。

「ん、あっ」

ピクッと反応してしまう私を満足そうに見下ろしたあと、昊司さんは目を細める。安心したような、そんな顔をしていた。

どうしてそんな表情をするのだろう。

頭のどこかでそう考える私を見下ろし、昊司さんはするりと服を脱いだ。きっちりと鍛えられた身体で――首筋、肩、胸、腹、と視線を落とし、そしてそれに視線が留まって目を丸くしてしまう。硬くなり、天を向いた太い屹立《きつりつ》の先端からは、とろとろと露《つゆ》が溢れている。

「長いこと禁欲していたので、すぐ出てしまうかもしれません」

「え、あっ、えっと」

出る……というのは。疑問に思ったあと、それがなんなのかにようやく思い至る。私の知識は薄いのだった。それを察したのか、昊司さんは優しく私の耳を撫でた。

「……すみません、こういった行為についてはどの程度の知識が？」

「あの、映画で観るくらいです」

裸でねっとりと密着する男女。小説やなんやで、挿入行為をすることも知っている。結果、妊娠することがあるのも。そう説明すると、昊司さんは少し考えたあと、私の頬を撫でた。

「じゃあ、俺に任せてもらっていいですか」

「はい」

即答すると、昊司さんは目を瞬いた。私は「信頼していますから」と続ける。

「信頼……」

「はい。信じています」

昊司さんはぎゅっと目を瞑《つむ》り、左手で私を抱き寄せた。そうして、右手の指を私の入り口に這わせる。

「痛かったら、言ってください」

そう言って、彼は私のナカに指を進める。はあ、と息を吐き出した。自分のナカが、悦《よろこ》んで蠢《うごめ》くのがわかった。きゅうっ、と粘膜が彼の指に吸いついていくのも――。

昊司さんは私を見下ろし、ゆっくりと指を動かしだす。私は――私は、半泣きになって、あさましく勝手に揺らめく腰に困惑していた。

気持ちいい、気持ちいい、気持ちいい。

信じられないくらい、気持ちいい。

ぬちゅぬちゅと滑りを帯びた音をまとわせ、彼の指は驚くほど正確に私の快楽を引きずり出していく。

「あ、ああっ、あっ」

自然と脚が開く。彼の指が、浅い恥骨の裏側——ちょうど肉芽のあるあたり、をぐうっと押し上げた。

「っあ、昊……——はぁ、ああっ」

うまく呼べなかった名前は、代わりに喘《あえ》ぎ声になってこぼれていく。

ちゅくちゅくと彼の指がナカの肉襞を弄《まさぐ》る。お腹の奥で果実がどんどん熟れていくように、濡れた熱が高まっていく。親指で彼は私の肉芽をぐりっと潰した。

「あ、あ……——っ……」

ばちん、と熟れた身体の奥がぐちゅっと潰れた……ような、気がした。ぎゅうっと彼の指を締めつける。浅い呼吸には高い声が混じっていた。

ヒクヒクと痙攣《けいれん》しているナカに、ぐちゅんと音を立てて指が増やされる。攪拌《かくはん》するように指を動かしながら、昊司さんは優しい声で訊《たず》ねてくる。

「痛いとか、キツイとか、ないですか」

「は、ぁ……っ」

なんとかこくこくと頷いた。むしろ気持ちよすぎて辛い。いつの間にか、ぐちゅぐちゅ、という音が、空気を混ぜ込んだような、ちゅこちゅこという音に変わっている。

浅く呼吸をする私の足の間に、すっと昊司さんが顔を埋める。なに、と思ったときにはもう、彼は私の肉芽に吸いついていた。

「あ――……っ」

悲鳴のようで、嬌声《きょうせい》のようで。

「だめ、だめ、汚い……です……っ」

半泣きの声は濡れていた。昊司さんは全く構うそぶりもなく、肉芽を彼の口の中でしゃぶってくる。喘いでいるのだか、悦楽に泣いているのだか、もう自分にも区別がつかない。

その間にも、ナカを弄る指は絶え間ない――どころか、三本目が増やされる。

「昊司さん、昊司さぁ……んっ」

泣きながら彼を呼ぶ私の肉芽を、彼は強く吸い上げた。

頭の中が、真っ白になる。自分のナカから、べちょべちょと蕩《とろ》けた水が溢れ出る。

もうそれが、一体なんなのか……考える余裕もない。ただもう、身体に力は入らない。

こんなに簡単に、ぐずぐずにされてしまうだなんて。

ナカで、外で、絶え間なく与えられる快楽。

私はただ喘ぎ、それをなんとか逃そうと入らない力で精一杯にシーツを握る。腰が上がってしまうのを、必死に耐えた。

「ふ、ふぅっ、はぁ、ああっ」

信じられないほど、簡単に何度も高みに連れて行かれる。これが絶頂なのだと、教え込まれる。

彼の指は魔法みたいに、私の身体を知り尽くしているみたいに、私のナカで蠢いた。

「あ、あっ……！」

もう、舌と指でイかされるのは何度目だろうか。ようやく彼が口を離し、指を抜いたのは喘ぎ疲れて声が掠れてしまってからだった。

彼は濡れた口元をぐいっと拳《こぶし》で拭《ふ》くと、本棚の上にあった医薬品なんかが入っているケースに手を伸ばす。出てきた箱から、彼は何かのパッケージを取り出す。

「コンドームです。聞いたことは？」

「あ、は、はい。あります」

名前だけは。私は彼がくるくるとそれを自らの屹立に着けるのをただ見つめていた。彼の昂《たかぶ》った太い幹には血管が浮かび、さっき見たときより長く大きくなっているように思えた。

「挿《い》れていいですか」

私はこくっと頷く。昊司さんは私の太ももを掴《つか》み、少し遠慮がちに広げる。

「脚、痛くないですか？」

「これくらいなら」

「よかった」

そう言って、屹立を私の入り口にあてがう。丸みを帯びた、弾力のある先端を、私のナカは簡単に飲み込んだ。

「ぁあ……」

気持ちよくて声が出てしまう。きっとこんなの、絶対に初めてじゃない。記憶にないだけで――目線を上げると、昊司さんと目が合う。

「気持ちいいですか？」

きゅ、と寄せられた眉――は、彼もまた快楽を得ている証左のように思えた。それにキュンとする。彼にも快楽を与えられているのだ、と――嬉しくて、泣きたいくらい。

大好きと愛してると、とにかく大きな多くの感情で胸がいっぱいになる。今はただ、彼だけを見て、彼だけを感じていたい。

「気持ちいい」

自然にこぼれた声だった。昊司さんは嬉しそうに目を細め、そのままずっ、と彼のものを沈めていく。はあっ、と声を漏らした。

「可愛い、萌希……」

彼は私の汗ばんだ前髪をかき上げ、何度もキスを落としてくる。何度か浅く抽送された屹立は、少しずつ奥へと進んでいった。そのたびに自分のものとは思えない淫蕩《いんとう》な声が溢れる。

やがて、最奥がぐっと押し上げられた。

最奥までみっしり埋められた圧迫感――！　思わず高く喘いだ私の脚を撫で、昊司さんは私の腰を掴み、さらにその長大な昂りを最奥に押しつけてくる。内臓ごと押し上げられる感覚、もう入んないと思うのに私の淫らな肉は喜んで彼のものを包む。ああ、どうしよう、気持ち、いい。気持ちよすぎて、もう、何も考えられない、考えたくない。

「好き、っ」

私は浅く速い呼吸を繰り返しながら、なんとか昊司さんにそう伝える。

「大好き……っ」

ごりっと最奥をさらに突き上げられた。視界の向こうがチカチカする。脚が跳ね、自分の粘膜が痙攣しながらぎゅっと彼のものを吸着していくのがわかる。

結合部で、濡れそぼったお互いの下生えが触れ合う。にちゅっと音がした。

「萌希……愛してる」

はあ、と昊司さんは息を吐き、私の目をじっと見つめる。身じろぎすらできないほど、まっすぐな瞳に射抜かれた。

「変かな。俺は、君がいないと生きていけないみたいなんだ」

そう言って、昊司さんがゆっくりと腰を動かしだす。ずるっ……と、私の肉襞を肉張った先端で引っかいて、彼のものが動く。抜ける直前まで腰を引き、今度は最奥に進む。そのたびにぐちゅっと音がした。

「あ、ああっ」

「可愛い。気持ちいいな?」

昊司さんの指が私の耳の穴をさわさわと弄る。私は「うあ」とか「ああっ」とか、とにかく言葉にならない喘ぎを繰り返しながら、彼のゆっくりとした抽送に翻弄される。

「はー……気持ちよすぎる」

昊司さんは呟き、少しだけ腰の動きを速くする。そうしながら、私の身体にキスを落としていく。それが傷跡に落とされているキスなのだと気がついたけれど、私は何も言えなかった。

ただキスを受け入れて、慈しまれた。

どうしてこんなに、愛してくれるのだろう。

やがて彼の抽送が水音を引き連れ、激しさを増す。薄い皮膜を挟んで粘膜が擦れ合う水音と、腰と腰とがぶつかる音と。

「っ、く」

昊司さんが唸《うな》るように息を漏らすのと、いっそう強く腰を振りたくられるのとは同時だった。

「あ、ああっ、昊司さ……っ」

深くまで穿《うが》たれる昂り。太く硬い熱が、最奥に叩《たた》きつけられる。ずるずると私のナカを動く彼の屹立は、明確な意思を持っているように思えた。私の気持ちいいところを、私がイけるように、達せられるように。

そんな動きにあっさりと陥落するように、熟した果実が落ちるように、私は深く深く達してしまう。悲鳴よりも甘く、嬌声にしては掠れた声で、私は昊司さんを呼んだ。その私を強く抱きしめ、彼は喉で低く声を漏らしながらナカで被膜越しに欲を吐き出す。

「はぁ……っ」

荒く昊司さんが息を吐き出した。私は下腹部の痺れた甘い感覚に恍惚《こうこつ》としてしまって、指先一本動かすことができない。

「……大丈夫ですか」

昊司さんが私の髪を撫でる。慈しみ深い動きだった。頷くと、もう一度ぎゅっと抱きしめられる。もう返事をするのも億劫《おっくう》なほど疲れていた私は、なんにも考えずに目を閉じた。

「ありがとう、萌希」

眠りかけた私に、彼がそう言うのが聞こえる。

「それから……ごめん」

私は不思議に思う。どうしてそんなことを言うのだろう。昊司さんは私の頭に頬を寄せた——

ぽたん、と何か落ちてくる。涙だ。

「もう放さない、悲しませない。ずっとそばにいる」

彼の声が潤《うる》む。

「生きていてくれてありがとう、萌希」

私は眠りに落ちていきながら、ただ思う。

もう彼を悲しませたくない、って——ただそれだけを、強く思う。

【三章】　昊司

その瞬間、誰もが空を見上げていた。

福島《ふくしま》市役所前広場で、子供だった俺もまた、空を見上げただ目を瞬《またた》く。

晴れ渡った東北の空を、六機の青い飛行機が自由自在に飛び回る。そうして真っ白なスモークで描かれたのは、六つの花弁の桜だった。歓声と拍手が湧き上がる――上空にいるパイロットには決して届かないだろう。わかっていてもそれは自然に溢《あふ》れ出た。

誰もが上を向いていた。空を、天を仰《あお》いで笑みを浮かべ指をさす。

希望が空を飛んでいる。そう思った。

青い機体が、初夏の日差しを受けて煌《きら》めいた。

『俺も』

小さな声はエンジン音と歓声にかき消えた。けれど確かな決意だった。

――俺もあれに乗りたい。

東北六県が一堂に会する祭りが始まったのは二〇一一年の夏のことだ。その三回目、福島で開催された祭りで、東北に帰ってきたばかりのブルーインパルスが空を舞った。ブルーインパルスとは、航空自衛隊の広報活動及び技術研鑽《けんさん》を目的とした展示飛行《アクロバット》専門のチームだ。宮城県《みやぎ》松島《まつしま》基地に所属している彼らは、雪の降る三月のあの日、たまたま基地を離れていた。

梅雨前だというのにもはや夏の日差しだったその日、当時福島県郡山《こおりやま》市に住んでいた俺は両親に連れられて福島市で開催されたこの祭りに遊びにきていた。

『昊司《こうじ》、ほら飛行機だばい』

市役所前広場、出展していた企業ブースのストラックアウトで遊ぶのに熱中していた俺は、父親の言葉でようやく遠くから聞こえるエンジンの音に気がついた。軽快な音楽と、男性のアナウンス——のちに今回搭乗していないパイロットのアナウンスだったと知ったけれど——蒼天をスモークとともに貫いていくブルーと白の飛行機。

息を呑《の》んだ。言葉がでなかった。

強烈な憧れに浮かされ焦《こ》がされて、のちに俺は空を選ぶことになる。

彼女、小鳥遊萌希《たかなしもえぎ》に出会ったのは父親の仕事の都合で東京に越して数年目のことだった。

高校二年生の夏。

蝉《せみ》が忙《せわ》しないひどく暑い日。入道雲がやけにでかかったのを覚えている。

野球部のオフ、補習帰りの俺は課題をこなすために図書館の自習室を訪れ、最近顔馴染《かおなじ》みになってきた女子に頭を下げ隣に腰かけた。

ひとつ年下の、近くの女子校の子だ。

いつもいるせいで、なんとなく顔を覚えてしまった……まあ、実はそれだけじゃない。ちょっと恥ずかしい話だけれど、少し前に思い切り泣いているのを見られてしまった。

一週間前、都大会の準決勝で負けた。ピッチャーをしていた俺はその責任を強く感じていて、自習に訪れたこのテーブルでタオルを顔に押しつけ、こっそりと泣いてしまったのだ。

『お水、飲みますか？』

そう声をかけてきたのが、萌希だった。

気恥ずかしくて、試合に負けたことを早口で伝えた俺に萌希は優しく微笑《ほほえ》み、濡《ぬ》れたハンカチを渡してくれた。目が腫《は》れてしまいますよ、と柔らかく目を細めて。

それ以来、なんとなく挨拶《あいさつ》をする仲になった——といっても、俺にとっては胸をときめかせる不思議な存在だったのだけれど。

『あ』

ぺこりと会釈する萌希の、その頬にうっすら笑窪《えくぼ》が浮かぶ。それがやけに可愛《かわい》らしく感じて、いつも俺は少し挙動不審になってしまう。男子校だから女子に免疫がないのだろうか、とも思う。でもそれだけじゃないとも感じていた。

とはいえ積極的に話しかける度胸もない。俺は彼女の横で黙って教科書を開き、三角関数の平行移動の途中式をノートに書きつける――と、横で萌希が立ち上がる。小さな財布を持っていた。休憩だろうか。

自習室を出て行く小さな背中を目で追った。制服の半袖シャツの白が眩《まぶ》しい。校則どおりなのだろう、少し長めのプリーツスカートの裾がふわりと揺れる。

気がついたら後を追っていた。俺も喉が渇いたんだ、そう言い聞かせながら。

予想どおり、彼女は図書館の休憩スペースのソファにペットボトルを持って座っていた。

壁面のステンドグラスから、夏の陽光が差し込んでいた。それが彼女をびっくりするほど綺《き》麗《れい》に彩っている。傷ひとつない色白の肌に、直接色が落ちているような……。

俺に気がついた萌希が、微《かす》かに首を傾《かし》げる。

俺は慌ててなんでもないですよという顔をして自販機の前に立つ。俺が選んだ缶コーヒーがガコンと落ちてくる音と、『ひゃあっ』という悲鳴が聞こえたのは同時だった。

ぱっと顔を向けると、ペットボトルからシュワシュワと泡が溢れている。メロンソーダの香りがあたりを満たした。

『炭酸だった……っ』

慌てたように蓋《ふた》を閉めようとして、かえって泡を溢れさせてしまう彼女から目が焼きついたみたいに離れない。やけに綺麗で、可愛らしくて……と、俺はハッとして萌希からペットボトルを奪い、俺の開襟シャツを脱いで頭から被せた。ジュースで濡れて張りついた萌希のシャツ、透けるキャミソールと下着の紐。きっと見せたくないだろうと思ったのだ。

『え？　……あ、うわあっ、す、すみませんっ』

シャツから覗《のぞ》く萌希の頬が真っ赤になっていた。何度も瞬かれる透明感のある双眸《そうぼう》。涙目のそれが、ステンドグラスを透かす光で煌めいた。

頭の芯が痺《しび》れる。俺は自らを叱咤《しった》して『少し待ってて』と言い残し自習室に戻り、鞄《かばん》を引っ掴《つか》んで戻る。チラッと人目が気になった。まあ野球用のぴったりした黒いアンダーシャツにスラックスだから変かもしれない。アンダーは汗がさらっとするから普段も着ているのだ。どうせ学校は男ばかりだから、特に気にしていなかったけれど……こんなことになるならもっとこう、女子受けしそうなTシャツとか着ておけばよかった。

休憩室に戻ると、頭から俺のシャツを羽織った萌希が小さなハンカチで一生懸命にベンチを拭《ふ》いていた。

『汚れるだろ』

思わず口をついた。白いハンカチはジュースの蛍光グリーンと元あった汚れで変色している。

『でも、汚したのは私なので』

弱々しく俺を見上げる瞳は、どうにもまっすぐだった。胸の奥がくすぐったくざわついてやりにくい。俺は鞄からでかめのタオルを引っ張り出して、萌希に軽く投げた。

『それ、肩からかけといたら』

タオルを受け取ってから萌希は眉を下げ『すみません』と呟《つぶや》く。

『洗濯して返します、シャツも……』

別にいいよ、と答えようとしてから頷《うなず》いた。また話せるチャンスだと、そう思ってしまった。

そのまま黙ってボール拭き用の雑巾《ぞうきん》を取り出してベンチを拭く。

『何から何まで……』

シュンとする萌希に、俺はぶっきらぼうに『いや』と答えることしかできなかった。

ベンチはすっかり綺麗になったのに、萌希は律儀に司書にこぼしたことを報告していた。俺のシャツを手に持ち、肩からタオルをかけて。

『わざわざありがとう。それよりあなたは大丈夫？』

『あ、はい。すみません……』

今日はもう帰ります、という萌希に司書は微笑み、俺を見て笑みを浮かべて言った。

『彼氏くんかな？　優しいのねえ』

俺がシャツを脱いでいるから、何があったのかおおかた予想がついたのだろう。

――けれど！

『っあ、あの、その』

真っ赤になった萌希と、その横でおそらく同じくらい赤くなった俺を交互に見て、司書は『あらやだ、これからだったのね』とからかうように目を細めた。

ああもう、なんだこれ。心臓がばくばくして、なんていうか、とてもやばい。語彙なんか放棄していた。めちゃくちゃやばい。

結局俺も帰ることにして、図書館の自転車置き場まで一緒に行く。花壇では向日葵《ヒマワリ》が夏風に微かにそよいでいた。

『本当にありがとうございました。その、明日も来ますか？』

『明日は部活が……だから』

俺は夏の、ほんの少し太陽の角度が落ちてきた夕方になりかけの空の下で、全身に暑さだけじゃなくじんわりと汗をかくのを覚えながら続ける。

『連絡先、聞いてもいいか？』

萌希は目を瞬き、それからとても嬉《うれ》しそうに頷いた。瞬間、心臓がすとんと恋に落ちたのがわかった。線香花火のラストみたいに、潤《うる》んで潤んで震えて落ちて、でも花火と違うのはこの感情はきっと燃え尽きないことだとわかっていた。

わかっていたんだ。

萌希は俺の唯一の恋だって。


俺たちはしばらくして付き合うようになった。それがとても自然なことであるように、当たり前みたいに、必然みたいに、俺たちはお互いを選んだ。

優しくて、古い映画が好きで、英語が得意な萌希と、外で運動するのが好きで、理数系は得意だけど英語はからきしな俺。正反対なはずなのに、俺たちは驚くほどにぴったりだった。

『小鳥遊って苗字、珍しいよな』

『これね、鷹がいないと小鳥が空で遊べるかららしいよ』

『まじか。そう考えると、小鳥遊と鷹峰《たかみね》って合わねーなあ』

『確かに』

くすくすと笑う萌希の笑窪が、愛おしくて仕方ない。

『あの日ね、炭酸のペットボトルを振っちゃったのは緊張しちゃったからなんだ』

翌年の夏、図書館の休憩室で萌希が照れたようにはにかみながら自販機のボタンを押す。

『緊張？』

『……昊司くんのこと意識してたから、昊司くんが休憩室に来て動揺しちゃったの』

頬を真っ赤にして言う萌希が可愛すぎて、俺はその日初めて萌希とキスをした。

もしかしたら、俺たちはすごくスローペースな付き合いなのかもしれなかった。それでも構わなかった。俺たちは俺たちの速度で進んでいけばいいと思っていた。

やがてその後、航空自衛隊の航空学生課程を選んだ俺が山口《やまぐち》県にある飛行教育団に入隊しても、俺は不安なんて抱いていなかった。遠距離だろうがなんだろうが、萌希は俺のたったひとりで、俺は萌希のたったひとりだって自信があった。

そう信じていた。

厳しい座学と訓練が繰り返される一日。パイロット志望の航空学生とはいえ自衛官である以上、銃の扱いや行軍《こうぐん》も叩《たた》き込まれる。十キロ以上のフル装備で歩いたあと匍匐《ほふく》前進の訓練、続いての実弾訓練。眠らないよう必死になりつつの座学、メシをかき込んでから芋洗いのようになりつつ風呂、それが終われば自習室でテキストを開く。

そんな毎日の繰り返しで、スマホに触れることができるのは眠る前、そのたったの三十分にも満たない自由時間だけだった。

一日分の萌希からの報告に、俺はいつも頬を緩める。メッセージだけではない。写真に、動画に、可愛いスタンプの羅列。それだけが俺の癒《い》やしだった。

『え、まだ続いてんの？』

同期のやつらにも先輩にも訝《いぶか》しがられるほど、俺たちは順調だった。たいてい別れるのがパターンらしい。そりゃそうだ、ろくに連絡もつかないんだから。

けれど萌希は一生懸命に俺を愛してくれた。

萌希が大学に進学した年、俺は航空学生二年目、後期課程へと進んだ。まだほとんどが座学と地上での訓練で、余計に空への憧れは増していく。

萌希は進学した京都《きょうと》から、月に一度は山口まで来てくれた。新幹線で一時間と少しだ。

土日は休みだから外泊届を出して、たいてい基地と同じ市内のホテルにふたりで泊まった。

……といっても、身体の関係はまだなかった。初心《うぶ》で純粋な萌希に無理をさせたくなかったのだ。

俺は給料が出ていたから交通費のほとんどを負担したけれど、萌希はいつも申し訳なさがっていた。

『バイトしてるんだし、もっと出すよ』

ホテルの部屋で、同じベッドに座ってテレビを見ながら萌希が唇を尖《とが》らせた。俺はごろんとベッドに横になり笑う。

『いいから勉強しろよ。管理栄養士になるんだっけ』

『そう。資格あったら引っ越しとかあっても仕事探しやすいでしょ？』

さらりと答えた萌希の顔を、肘をつき起き上がりながらまじまじと見る。

『……それって俺についてきてくれるってこと？』

パイロットは全国転勤だ。それこそ北海道《ほっかいどう》から沖縄《おきなわ》まで。

萌希は目を瞬き、それからハッとして頬を染めた。

『あ、あのっ……えっと、昊司くん？』

『いや、悪い』

俺は片手で口を覆《おお》い、目を逸《そ》らした。多分顔が真っ赤だ。かなり熱い。嬉しすぎて顔が変だ。

『……えへへ』

そんな俺に萌希は眉を下げて笑う。笑窪が可愛い。

『でも、萌希にも何かやりたいことが他にあったんじゃないのか？　将来の夢とか、そういう
……』

『ふふ、秘密。あのさ、昊司くん、いつかブルーインパルスのパイロットになるんでしょう？　私、それを近くで見ていたいの。……だめ？』

気がつけば華奢《きゃしゃ》な手を引いて自分の腕の中に閉じ込めていた。唇を重ねる。いつも触れるだ

けだった唇を、はむはむと噛《か》んでみた。腹の奥で欲望が渦巻いていて、今にも爆発しそう。誤《ご》魔《ま》化《か》すみたいに舌を挿し入れてみれば、かえって己の中で情欲が暴れる結果になった。舌で萌希の口内を舐《な》め上げる。綺麗に並ぶ歯も、歯茎も、頬の内側も。口蓋《こうがい》を舌でつつくと、大袈裟《おおげさ》なほど萌希の肩が揺れ、悩ましい吐息が漏《も》れた。

もうだめだった。愛おしさに突き動かされ、ベッドに萌希を押し倒す。頬を包み込み思うさま萌希の口の中を味わう。萌希の縮こまった舌先を宥《なだ》めるように舌で撫《な》でていれば、やがておずおずと応えてそれが動く。すかさず絡め、誘い出して吸い上げた。

ちゅ、と水音がたつ。

『は、ぁ……っ』

俺の下で、必死で俺の服を掴みながらキスに応えようとしている萌希が愛くるしい。半ば泣きそうになりながら可愛らしい舌を甘噛みした。

『んっ』

上擦《うわず》った、甘えた声。

たまらなかった。

下腹部で昂《たかぶ》りがすっかり硬く熱を孕《はら》み、先端から露《つゆ》を溢れ出させていた。下着がすれる感触すら快感になった。

『萌希、愛してる』

半分泣いているような声だった。萌希が俺の頬に頬擦《ほおず》りをする。もう限界で、半身を起こしTシャツを脱ぎ捨てた。萌希は目元を赤らめて目を逸らす。俺はその目元にキスを落とし、彼女によく似合う白いワンピースをゆっくりと脱がせる。

下着姿になった萌希を見下ろす。傷ひとつない、陶器のように滑らかな白い肌。思わず首筋に舌を這《は》わせる。

ふ、と甘えた息が萌希から漏れた。ずきっと痛いほど下半身に血が巡る。小さく「ごめん」と呟いて、俺は下着ごとボトムスも脱ぎ捨てた。痛すぎる。萌希が俺のに目をやり、小さく息を呑む。俺は萌希の頬をくすぐり、眉を下げた。

『できるだけ、痛くないようにする』

萌希がおずおずと頷いた。頬は血を透かす綺麗な色に染まっている。そこにキスを落とし、萌希の下着も脱がせた。衝動に駆られ、素肌の萌希を抱きしめる。全身で、萌希の体温を感じた。触れ合う肌と肌が、驚くほど心地いい。

『好きだ』

思わず言葉が溢れた。萌希が『私も』とはにかむ。幸せだ、とはっきりと思った。幸福はきっと萌希のかたちをしている。

ゆっくりと乳房に触れた。陶器のように美しい双丘。滑らかな触り心地に、思わず息を吐《は》く。

それにしたって、萌希がどうすれば気持ちいいのか、手探り状態だ。萌希が照れて口籠《ご》もったり頬を赤らめたりするのをしっかりと観察しながら、ひとつひとつ、彼女の気持ちいいところを探していく。

『ぁ、あっ、やだ昊司く……なんか、変』

『変って？』

乳房の先端を口に含み、軽く甘噛みすれば、それは萌希にとってすごく気持ちいいことだったらしい。真っ赤になりながら『くすぐったい……のとは、また違って』となんとか教えてくれた。

『お腹、とか……うずうずする』

『ここ とか？』

内ももに這わせていた手を、付け根にずらす。俺は興奮で頭がどうにかなるかと思った――そこが、ぐしょぐしょに濡れていたから。

それに気がついた萌希が『やだ』と半泣きになる。俺は笑って『萌希、萌希』と名前を呼んだ。

『俺、めちゃくちゃ嬉しいよ。萌希が感じてくれてて』

『……本当？』

『ガチで。俺、なんもわかんないから、萌希気持ちよくできてるのか心配だった』

そう言いながら、濡れた指先で肉芽を探し、指先で押してみる。萌希は大袈裟なほど腰を揺らし、『あ、あっ』と短く何度も声を漏らす。

『……気持ちいい？』

萌希は頷くことさえできないほど、必死でその初めての快楽に耐えているようだった。俺は肉芽を摘《つ》まんだり潰したりしつつ、乳房の先端も口に含む。

『ぁ、いやっ、一緒だめ、なにか、来ちゃう』

ぶんぶんと萌希が首を振り、髪の毛がシーツに擦れて音を立てた。俺が舌を尖らせ芯を持ち勃《た》ち上がった先端を扱《しご》くと、萌希の声はいっそう艶《つや》めき淫《みだ》らなものになっていく。

『昊司くん、はあっ、あんっ、怖、いっ』

俺はちゅぽっと乳房から口を離す。それも刺激だったようで、萌希は上擦った声を上げる。

『萌希、怖い？』

萌希はこくんと頷く。俺はそっと萌希と左手を繋《つな》ぐ。

『これなら？』

萌希は少し考えて、小さく『これなら、いい』と呟いた。やけに愛おしく感じて、こめかみにキスを落としついでに耳にキスをする。

はあ、と萌希が息を吐いた。俺は目を瞬く。もしかして耳が好きなのか。俺は耳殻を甘く噛みながら、右手で再び肉芽を弄《いじ》り始めた。

『うっ、んんっ、んっ』

萌希が必死で声を我慢している。俺はそんな萌希がいじらしくて可愛らしくて、ひどく興奮して散々に指と舌で萌希を蕩《とろ》かせていく。やがてびくっ、と萌希が脚先を跳ねさせた。

俺は萌希の頭の横に手を置き、じっと彼女を見下ろす。切れ切れに呼吸を繰り返す萌希の瞳は陶然《とうぜん》と潤んでいる。

『――イった？』

萌希は何がなんだかわからない、という顔で俺を見上げる。愛おしくてたまらなくて、欲望で昂りにさらに血が集まる。俺はぐっと我慢して、今度は濡れそぼった脚の付け根に指を這わせる。

『指、挿《い》れていいか？』

じっと目を見て聞けば、こくんと萌希が頷く。

『痛くない？』

『ん……変な感じは、するけど』

動かすたびに濡れた音がした。指に吸いついてくる、肉厚な粘膜の温度に生唾を飲み込みながら、俺は萌希の気持ちいいところを探す。想像していた以上に、萌希のナカは狭かった。たくさん解してやらないと、痛いのではと心配になった。指でナカをたっぷり解していくうちに、最初は不思議そうだった萌希の反応が明らかに変わり、声が上擦りあえかになる。

『あ、もぅ、昊司くっ、だめっ』

俺の指を三本も飲み込み、キュウキュウと締めつけて腰を浮かせ揺らめかせ、顔を真っ赤にして呼吸を荒くした萌希が半泣きで言う。

『ダメって？』

『だめ、とにかく、はぁっ、やっ、またさっきの、来ちゃう……！』

イくのだろう、か。俺は微笑みキスを落としながら、散々弄ることで見つけた萌希の気持ちいいところをぐりっと押し上げる。

きゃん、とかひゃん、とか、そんな類《たぐい》の可愛らしい声のあと、萌希のナカで肉襞が痙攣《けいれん》して入り口が強く窄《すぼ》まった。うねり蕩ける肉厚な粘膜の生々しさに、興奮が高まる。

俺はゆっくりと指を抜いた。くちゅ、という音とともに出てきた指は、ふやけんばかりに濡れそぼっていた。萌希はすっかりこわばりをほどき、くてんとシーツに横たわっている。胸が大きく上下していた。はあはあと乱れた呼吸が部屋で響く。

俺はバックパックを引き寄せ、中に入れていたコンドームの箱を引っ張り出し、なんとか装着した。その間も、どくどくと心臓は高鳴っていた。

『いいか？』

萌希の脚の間に割入り、そっと耳を撫で聞く。萌希が頷いたのをしっかりと見てから、入り口に昂りの先端をあてがう。ぐっと腰を進め、先端を埋める——と、それだけで萌希は『っ』と身体をこわばらせた。

『痛い？』

こくん、と萌希が頷き眉を下げる。

『ごめんね……ちょっと、待ってね』

ん、と俺は頷く。微かに腰を揺らめかせながら、頭の中で飛行力学について考えを巡らせ、最奥まで突き上げて思うさま腰を振りたくりたい衝動に耐える。やがて『もう大丈夫』だと言う萌希を気遣いながら、ゆっくり、ゆっくりと腰を進めた。

付け根まですっかり挿《い》れ込んだとき、萌希は横を向き口元に手を当て浅く呼吸を繰り返していた。全身にじんわりと汗をかいている。

ナカの粘膜はゆっくりとうねっていた。

信じられないくらい、気持ちがいい。ああ、と知らず声が漏れた。

俺は萌希の汗に濡れた前髪を押し上げ、唇を押しつける。

『愛してる』

萌希は息を何度か繰り返したあと、俺を見上げて微笑んだ。

『昊司くん。私のこと見つけてくれて、ありがとう』

思わず萌希の顔をまじまじと見つめた。そのまま後頭部に手を当てて引き寄せ、自らの肩口に当てて頬を寄せる。泣きそうだった。

俺のほうこそ、見つけられた。

ぎゅぅっと抱きしめると、入っている昂りの角度が変わったのか、萌希が『ああっ』とあえかな声を上げる。

『奥、気持ちいい？』

萌希は恥ずかしそうにこくこくと頷く。俺は萌希を抱きかかえ押し潰すようにして、最奥を肉張った先端でぐりぐりと擦《こす》る。

『あ、んっ、んんっ』

淫らな声にある、確かな艶。俺はそのままゆっくりと抽送を始める。腰を引けば、萌希の肉襞が追い縋《すが》る。奥にみちみちと進むと、肉厚な粘膜が悦《よろこ》んできゅうっと窄まってくる。

あまりにも強い収縮に、ぬるぬると濡れそぼった昂りが抜けかける。俺は身体全体で萌希を抱きしめ固定しながら、『萌希』と名前を呼んだ。

『抜けちゃうから少し力抜ける？』

『む、りぃ……っ』

萌希は切れ切れの声でそう告げる。俺はそっかと返事しながら、また最奥へと昂りを向かわせた。ぬるぬるした温い体液、締めつけてくる肉厚の粘膜に包まれる快楽に、頭の芯からくらくらした。

少しずつ、腰の動きを速くする。ずるずると萌希の肉襞を引っかいて、萌希がイく浅いところと、深く感じる最奥を交互に突き上げた。

『は、ぁあっ、あんっ、昊司くん、昊司くん』

萌希が何度も俺を呼ぶ。全身が汗だくだった——俺も、萌希も。

のしかかっていた萌希の顔を覗き込み、額を重ねる。お互いのまつ毛が触れるくらいの至近距離で、合わないピントに歪《ゆが》む世界で萌希が喘《あえ》ぐ。もう何も言葉にならないらしい。俺もただ、萌希を呼んだ。

腰を動かすたびにぐちゅぐちゅと音がする。濡れそぼったお互いの下生えが擦り合わされているのだ。唇を重ねる。お互いの名前を呼び合いながら、舌でお互いを貪りながら、俺たちはただ身体を重ねる。

お互いがお互いを見つけられた幸福を噛み締めて——……。

順調だったはずの訓練と萌希との関係。それに暗雲が立ち込めはじめたのは、初期操縦課程でプロペラ機、T-7での訓練を終了し、福岡《ふくおか》にある基地に移動した頃のことだった。

基本操縦課程に進んだのだ。

ここで俺は初めてジェットエンジンを積んだ練習機に乗ることになる——T-4というその機体は、赤と白で塗装されている。レッドドルフィンと呼ばれるそれ。

同じT-4を青と白に塗装し、アクロバット用に改造したものがブルードルフィン。ブルーインパルスに選ばれたパイロットたちが乗る機体のことだった。

隠しきれない興奮とともに機体に乗り込む。後部座席には厳しいと有名な教官。でも俺は自信があった。プロペラ機の訓練をそれだけ優秀な成績でクリアしてきたのだ。

才能があるのかもしれないなんて、口にこそ出さずとも自惚《うぬぼ》れた。

なのに。

気がつけば、俺は鼻血まみれで地上にいた。ジェットエンジン特有のG——重力加速——急降下で最高9G、つまり自身の体重の九倍の負荷がかかる。それから身を守るためGスーツという特殊な飛行服を身につけるし、酸素マスクもつける。なのにそれをもってしても、ブラックアウトは避《さ》けられなかった。頭に血液が回らず、意識が飛んでしまったのだ。後部座席の教官が着陸させてくれた。

恥ずかしかった。

俺ならできるはずという、傲慢《ごうまん》な自信が打ち砕かれた。

その日、俺は萌希からのメッセージに返信できなかった。あまりに格好悪くて、自分が情けなくて、萌希に合わせる顔がないなんて考えた。

でもまだ、頑張れるはず。慣れれば、訓練を重ねれば、一生懸命にやれば、きっと。

なのに俺の身体は空に耐えられなかった。

美しい、宇宙に近いのがわかる黒に近い青い空も、眼下にある真綿のような白い雲も、綺麗で煌めいて、萌希にも見せてやりたいとも思うのに、なのに胃が裏返ったような感覚に耐えきれない。必死で我慢しながら操縦桿を握る。唇が噛みすぎて荒れていた。鼻血は出しすぎて血管がきっと脆《もろ》くなっている。

『鷹峰！　計器を見ろ！　なんとなくで飛ぶな！』

少しでも目標を見失えば檄《げき》が飛んでくる。白い雲に視界が阻《はば》まれる。真上にあるものが、空なのか海なのかわからない。俺は今、何をしているんだ。酸素と血液が不足した頭でぼんやりと思う。なんで俺はこんな苦しい思いをして……空に……こんなもんに固執しているんだ……やめてしまえばいい、別に……飛ばなくたって、生きていける。……そうだろう？

なのに地上に降りれば、また強烈に空に焦がれる。吐きながら、それでもあそこで自由に翔《と》びたいと思う。けれど身体が言うことを聞かない。

俺に才能なんかない。

反吐《へど》が出るほどに、凡人だ。

地上に戻る前に吐いてしまうことも、何度もあった。酸素マスクの中に吐いたときは、もう死んでしまいたいとすら考えた。

手を伸ばせば大気圏に手が届く美しい空で、鼻血を飲み込み、嘔吐《おうと》することしか、意識を手放すことしか考えられない。惨《みじ》めで、苦しい。

折れそうになっている俺を支えてくれたのは、やっぱり萌希だった。訓練で疲れすぎて会えないと、二ヶ月ほど直接会っていなかった。

メッセージにろくに返信もしない俺に、萌希は変わらず写真や動画や、可愛いスタンプを送ってくれた。

それだけが支えだった。

プロペラ機では平気だったアクロバット飛行が、ジェットエンジンだとうまくいかない。教官の声が日々厳しくなる。それは俺の命を守るための厳しさだとわかっている。なのに俺はうまくこなせない。一生懸命やっているのに、必死なのに、俺は翔べない。

才能がない自分をまざまざと突きつけられる毎日。すり減っていく自尊心。

萌希からのメッセージも、少しずつ減っていった。俺が返信しないからだ。何日も既読無視していた。気がつけば萌希の誕生日をスルーしてしまっていた。それに対して、萌希はなんにも言わなかった。

わかっているのに苛《いら》ついた。萌希はきっと気を遣ってくれているだけのはずなのに。そのせいでようやくできた返信だってぶっきらぼうになってしまう。

——基本操縦課程が始まって四ヶ月目、入隊して四年目の春。俺が空をうまく飛べず苛ついている春の日、基地は少しざわめいていた。

明後日、この基地で行われる航空祭。その目玉として、ブルーインパルスの展示飛行が行われる予定だった。

ブルーの機体六機、予備機二機が次々と現地入りのため着陸する。ややあって整備の機材を積んだ輸送機も。

そして、ブルーの機体からモスグリーンの飛行服を着たパイロット——ドルフィンライダーたちが降りてきた。にこやかに挨拶を交わす彼らを、俺たち飛行幹部候補生は直立不動で歓迎する。気楽な雰囲気《ふんいき》で手を振るドルフィンライダーたちに、フェンスの向こうからファンの歓声が上がる。カメラのシャッターを切る音、タックネーム——識別するためのパイロットネーム――を呼ぶ声。

敬礼する俺たちの前を通りがかった彼らは、どこか懐かしそうな顔をして答礼をする。彼らも皆、通った道だからだ。俺はそのうちのひとりから目が離せなかった。

ブルーインパルス五番機パイロット、有永《ありなが》三佐だ。五番機はソロの演目も多く、難易度が高い。つまり、五番機に選ばれるのはエースの証でもあった。実際、背面飛行が多い五番機パイロットのヘルメットは、「5」の文字が逆さまにデザインされているのだ。

羨望《せんぼう》に焦燥《しょうそう》が入り混じる。俺は本当にブルーに乗れるのか？

いつかこの人みたいに、堂々と乗りこなせるのか。

駐機場《エプロン》を歩く有永三佐は、特ににこやかでもなければ、かといって緊張している様子もなかった。ただ淡々と挨拶をこなしている。

ふと目が合った。ぱっと背筋を正す俺に、彼は少しだけ目元を緩めた。

ブルーが来ているからといって、訓練がなくなるわけではない。ただ、エプロンから眺《なが》める彼らの機体の動きは、自分が同じT‐4に乗っているからだろう、正直常軌を逸《いっ》していると言ってしまいたくなる。

そう思っているのは俺だけじゃない。同期がぽかんとしながら呟いた。

『やっべー……なにあれ、有永三佐どうなってんの』

低空で突入してきた五番機が、4．25回転しながら上空三千フィートまで駆け上る。両主翼の端からは、ベイパーという薄い飛行機雲状の蒸気が発生していた。6Gもの重力がかかるはずの回転をしながらの上昇を、彼は悠々と綽々《しゃくしゃく》とこなしているように見える。

――いや、実際そうなのだろう。

『あのレベルには、なれねえよなあ』

同期の言葉に、反射的に言い返しそうになる。俺たちはあの人たちを超えるパイロットになるべきなんじゃないか、そのために苦しい訓練を重ねているんじゃないか。

そう思ったのに、口にする寸前で飲み込んだ。ここに来て俺は落ちこぼれ寸前だ。

そんな俺が、言えるわけがない。

俺の目標はブルーに乗ることだなんて。

……五番機で、あの空を飛びたいだなんて。

そんな言葉を飲み込んで挑んだ訓練で、俺はまたしてもブラックアウト寸前になる。なんとか着陸したはいいものの、コックピットから出た途端に胃の中身をアスファルトに嘔吐した。

はあはあと肩で息をする。ぽたん、と鼻血までこぼれる。

春先のアスファルトは、まだひんやりとしている。ぼんやりと、夏にここに吐いたら今よりひどいことになるだろうなと考えた。

——そこまでにクビになっていなければ、の話だけれど。

自嘲《じちょう》気味にそう考えた俺のそばに、誰かが近づく。考える間もなく、それが教官だと気がついた。

『——鷹峰。見ろ』

教官の声にのろのろと顔を上げる。青と白の機体が空を引き裂いて飛んで行く。日の丸が太陽を反射した。

『あれに乗れるのは、神に選ばれて、その上で血を吐くような努力をしたやつだけだ』

再びやってきた吐き気に口元を押さえる。けれど間に合わず、俺は胃液をアスファルトにぶちまけた。喉がぐう、と音を立てる。

視界の隅に、教官の靴先が見えた。影が落ちている。見下ろされているのを覚えつつ、顔は上げられない。

『鷹峰。——オレは、お前は優秀な自衛官になれると思っている』

そのままアスファルトを踏みしめ、教官が歩き去っていく。

響くエンジン音に、俺は反射的に顔を上げた。空を睨《にら》みつける。

白いスモークを引き連れ、まっすぐに青空に向かって上がっていく五番機。気が遠くなるような青空だ。

地上で吐瀉物《としゃぶつ》に塗《まみ》れる俺と、神に選ばれて空を翔ぶ男。

『……クソ』

口の中で血の味がした。知らず唇を噛んでいたらしい。胃液のそれと混ざり合う。

ぐいっと袖で拭《ぬぐ》うと、飛行服のモスグリーンの袖が血で色を濃くする。鼻血か、唇からの出血か。

『畜生《ちくしょう》』

半ば叫《さけ》ぶように言った視線の先で、五番機がくるくると回転しながら空を舞った。

『有永……三佐』

俺はさっきすれ違った男の名前呼ぶ。

悔しくてたまらなかった。屈辱で息苦しくなる。あの人にはきっとわからない。くそ、くそ、くそ！

天才にわかるもんか。凡人の苦しみなんか。

――俺はきっと、あれに、あのブルーの機体に乗れない。

胸元を掴み、何度も息を吐き出した。

どうして、どうして、どうして。俺はずっとあれに乗りたかった。そのために生きてきたのに、どうしてうまくやれない？

練習機ですら、初歩的な訓練ですら、まともに乗りこなせない。「基本」操縦課程なのに
――それすらこなせない人間が、あれに乗れるものか。

本当はわかってる。同期のやつらも、うすうすは俺がいつかパイロットを諦めるだろうと、そう考えていることくらい。

屈辱に、目の奥が熱くなる。それはやがて溢れてしまう。泣くな、絶対に泣くな。

泣いてたまるか。

なのに、涙は太陽を反射し煌めいて鼻血と入り混じり吐瀉物に落ちていく。

泣くな、クソ、男だろうが。

『……萌希』

俺は掠《かす》れた声で萌希を呼んだ。会いたい。会いたくてたまらない。ひと目でいい。声を聞いて、たったひとこと『昊司くんがんばれ』と言ってほしかった。


航空祭の日。

昼過ぎに、限界を迎えた俺は学生宿舎を飛び出した。今日は門限までに戻れば問題ない。ここから新幹線で京都まで二時間半。とんぼ帰りすれば余裕だ。

新幹線のデッキから、何度か萌希に電話をかけたが、出なかった。文章にする精神的な余力は、全くなかった。

京都駅の階段を走り降り、地下鉄に乗ってたどり着いた萌希の住むアパート。インターフォンを押して、しばらくしてからようやく扉が開いた。

『萌……』

『なんだお前』

聞こえてきたのは、愛おしい萌希の声ではなかった。低い男の声。俺は硬直してそいつを見下ろす。軽薄そうな茶髪に、垂れ気味の目。そいつの目元にふたつ並んだ小さな黒子《ほくろ》を、なぜだか凝視してしまう。女性ならすぐ好きになってしまいそうな、アイドル的な容貌だった。そんな男は声を尖らせ俺を睨みつける。

『お前か？　最近、萌希に付きまとってんのって』

『……は？』

『いい加減にしろよ。萌希は迷惑してる。二度と来るな』

『ちょっ……』

俺はたたきに目を落とす。仲良さげに並んだ、女物と男物の靴。見たことのない、男物のサンダルまで――一緒に暮らしていると言わんばかりに、それは玄関に佇《たたず》んでいた。

『今、僕が萌希と暮らしてんの。わかる？』

『……萌希は』

『寝てるよ』

俺はただ何度か呼吸を繰り返した。頭が回らない。萌希は？

『次来たら警察呼ぶからな！』

バタン！　と玄関のドアが閉まる。

俺は呆然《ぼうぜん》とそのドアを見つめた。今、何が起きていた？　萌希に付きまとう？　……俺が？

そういえば最近ちゃんと連絡してなかった。

返信すら。

訓練でいっぱいいっぱいで……でも、そんな。

『萌希はそんな……女じゃ……ない』

だってわかってたはずだ。俺も萌希も、お互いがお互いしかいないって。

わかっているのに。

だからこれは何かの間違いだ。そう思うのに、ふらふらと回り込んだアパートの裏手、ベランダに男物の下着が干されていて何も考えられなくなる。

ぷつっ、と糸が切れた。

もう連日、切れかけていたものだった。いや、最後の一本だった。

俺は京都駅に戻って新幹線に乗る。じっとスマホを見つめるけれど、折り返しもない。

『そうかあ……』

そのときが来ただけだ、そう自分に言い聞かせる。他のやつもみんな別れてた。連絡が取れないから、会えないから、寂しいから。

萌希も一緒だった。寂しがりだもんな。我慢させたもんな。でも、湧き上がる寂寥《せきりょう》とした怒りが腹で渦巻いて、うまく言葉になってくれない。あんな軽薄そうな男がよかったのか。そばにいるならそれでいいのか。クソ！

俺は飛べないのに。苦しいのに。吐きながら空に焦がれて地面這いずり回ってるのに、萌希は俺を忘れて新しい恋をしていた。

いや、……あれだけそっけなかったら、既読無視が続いたら、誕生日無視されたら、萌希だってフラれたと思うよな。どう考えても俺が悪い。

そう気がついて、虚《むな》しすぎて涙も出なかった。馬鹿《ばか》すぎる自分が惨《みじ》めで仕方なかった。

急に日々が淡々とし始めた。訓練は相変わらずうまくいかない。吐きすぎて喉がいつも変な味がしていた。胃液で荒れたのだろうと思う。学生宿舎の窓から見える桜の花は満開だった。

虚しすぎる二十一歳の春。

急に落ち込み静かになった俺に、周りのやつは色々察したのか何も触れてこなかった。

このまま、淡々と日々を過ごし、訓練はクリアできず、転科を余儀なくされるのだろう。ぼんやりとそんな未来が見えていた。

なのに俺は諦めたくなかった。吐いて、泣いて、鼻血まみれで悔しくて、苦しくて、なんの希望もなくて、周りの誰からも見放されていて、それでも俺は必死で操縦桿を握り続けた。俺だけが空を諦められなかった。

とあるオフの日。

急に萌希から「会いたい」と連絡が来た。無視した。別れ話なら聞きたくなかった。もう萌希は幸せに過ごしているのだと、彼女の世界に俺はいないのだと突きつけられるのが怖かった。

「最終の新幹線の時間まで、駅にいます」

そのメッセージに返信せず、スマホの電源を落としてベッドで枕に顔を埋め、そのまま眠る。どれくらい時間が経ったのだろう。窓の外が騒がしくて目を覚ました。

『なんだあ？』

同室のやつらが窓を見る。遠く、空をヘリが飛んで行くのが見えた。

同期がスマホを操作して『高速バスの事故だって』と呟く。

俺は一瞬ハッとした。萌希が巻き込まれていたら、と突拍子《とっぴょうし》もなく考えたのだ。

でも違う。そうだろう？

萌希は新幹線で、ふたつ黒子があるあの男のところに帰ったはずなのだから。

ドクターヘリは夜間、飛べない。ならばあれは自衛隊機だ。緊急時、知事の要請によって飛ぶことができる。もしかしたら医官も同乗しているかもしれない。

つまりそれだけ大きな事故だということだろう、と俺はプロペラ音を聞きながらぼんやり考えた。


なんとなく心配になって、次のオフで電話する。出なかった。電源すら入ってないらしい。

そりゃ出ないよな、と思いつつ電源が切れているのが気にかかる。

悶々《もんもん》と過ごした。その間にも俺は吐きながらギリギリ合格を繰り返す。

そうして、萌希から最後に連絡がきてから一ヶ月——俺は再び萌希に電話をかけた。

【おかけになった番号は現在使われておりません】

無機質な音声に、ついに着信拒否されたのかと思いつつ、一応調べる。着信拒否ではないらしい。番号自体を変えたのか？

メッセージを送る。既読にならない。ブロックされている？

スマホの画面をぼうっと見つめる。

急に、ブワッと感情が蘇《よみがえ》った。激しい後悔も——完璧に萌希との接点が切れたのがきっかけだろう。俺はまた京都に向かう。多分、何も考えていなかった。

たどり着いた萌希のアパートの前で、俺は呆然とする。新聞受けに、不動産屋の名前が入ったテープが貼ってあった。ビニールに入った水道申し込み用のハガキが、細い紐でドアノブに引っかかっている。これは——。

インターフォンを押す。じっと待つ。ノックする。立ち尽くす。

内側からは、なんの反応もない。俺はぼんやり立っている。

ふと、人の目線を感じる。横の部屋の住人が顔を出していた。

『あのう。そこの人、引っ越しましたよ』

そう言って萌希の隣人はドアをパタンと閉めてしまう。

ドアの前で俺はしばらく立ち尽くし、ゆるゆると扉を見た。ドアノブに揺れる、ビニール袋に入った水道局のハガキ。新聞受けに貼られた緑色のテープ。

『……は』

息を吐いた瞬間、膝から力が抜けた。

頭の中が真っ白で、俺は冷たい廊下に座り込んだまま震える手でスマホを尻ポケットから引っ張り出す。

『萌希』

痙攣でもしているのではないかと思うほど揺れる指先で萌希の名前をタップする。

【おかけになった番号は現在使われておりません】

少しざらついた、女性の声のアナウンス。何度も聞いたアナウンス。

俺はスマホを取り落とした。

さすがに理解した。

俺は、完膚《かんぷ》なきまでに、完全に、完璧に、彼女の世界から追い出されたのだ。

『あ……』

頭を抱えてぐるぐると回る視界のなか吐き気をこらえる。涙は出ない。ただ現実が受け入れられない。

『萌希』

後悔たっぷりの、未練に満ち満ちた声で最愛の人の名前を呼んだ。どうして俺は一ヶ月前、萌希に会わなかったんだ？　会いに来てくれた。あれが最後のチャンスだった！

どうして縋りついて俺を捨てないでと懇願しなかったんだ？　返信できなくてごめんと言えなかった。馬鹿だ、俺は。二度と会えないくらいなら、萌希に他に男がいることなんて大したことじゃなかった！

『萌希、萌希』

俺は胸をかきむしり、このドアが開くようにと祈る。寂しがらせた俺が悪かった、八つ当たりした俺が悪かった、もうあんなことしない、だから戻って来て、お願いだ、俺はお前がいないと生きていけないのに。

視線の先で、水道局のハガキが風に揺れた。


どうやって基地に戻ったのか、あまり覚えていない。


翌日の訓練、俺は気持ち悪くならなかった。空だけに集中していたせいだろうか、虚しすぎて何も考えられなかったからだろうか、やけっぱちだったせいだろうか。

翔べた。

初めて教官から「良好」の評価をもらう。

嬉しくなかった。

皮肉なことに、そこから訓練はうまくいくようになった。ジェットエンジンの負荷に空酔いすることもなく、機内で吐いてしまうこともない。ただ淡々と訓練をこなす。

空ってこんなに色褪《あ》せてたんだな。

急に眩《まぶ》しくなくなった視界、楽になった呼吸。眼下にある雲海は太陽に煌めいていたはずなのに、宇宙に近い黒い空は美しかったはずなのに、俺はもうなんとも思わなかった。全身にかかる重力加速はむしろ心地いいくらいだ。

どうして酔っていたのかわからない。空はとても居心地のいい場所だった。余計なことは考えずに済む。

静岡《しずおか》の基地に移っての最終検定が「優」で終了したとき、俺は特に感慨を抱かなかった。そりゃあれくらいやれれば、それくらいの判定はもらえるよな。

傲慢な自信じゃなかった。積み重ねた結果だと自負していた。

俺にはもう空しかない。

そこからさらに戦闘機F−15の最終検定に進むため宮崎《みやざき》の基地に移った俺は、あの人と再会する。

絶望して見上げた青と白のT−4。あれを操縦していた有永三佐——昇進して二佐——は、今この基地の部隊に勤務していた。

F−15《イーグル》戦闘機もまた手足のように扱うのを間近で見つつ、けれどあのときのような、苛烈《かれつ》な負の感情は抱かなかった。

代わりに抱いたのは、超えてやるという決意。烏滸《おこ》がましいかもしれない。でも俺は無理だなんて思いたくなかった。

だってもう俺には空しかない。

他のことはどうでもよくなった。ただ翔ぶために生きていた。パイロット以外の部分の俺は、ずっと死んでいた。死にながら、萌希を探していた。帰省のたび、一度ならず、彼女の実家に行った。一度も出てもらえなかったけれど。

思えば共通の友人なんかいなかった。

別の高校で、学年で。

家まで送ったときに萌希の母親に挨拶したことは何度もあったけれど、家に上がり込んだことはなかった。盛り上がっていたのは俺だけで、案外と薄い付き合いだったのかもしれないと、そのときになって考えた。

なのに俺は馬鹿みたいに萌希を探していた。休みを取り、彼女の大学の卒業式にまで行った。萌希の姿はなかった。煙になって消えたかのように、萌希は俺の前からいなくなった。SNSは随分前……別れるよりもっと前から更新されていない。

航空学生になってから数えて六年目の三月に、俺は三等空尉を拝命し部隊配属となった。

とある太平洋側の基地に配属され、しばらくしてF-35のパイロットになるため機種転換訓練を受けた。退役する機体の後続機として大量導入が決定されたためだった。最新鋭のステルス戦闘機だ。

その後、二十八歳になる年に日本海側の基地に異動になった。新たに配備されたF－35のパイロットとしてだった。

その頃には、街角で、雑踏で、いるはずのない萌希を探すのがすっかり癖になっていた。

――次に会ったら、もう離さない。縋りついてでも近くにいたい。他の誰かと結婚していても構わない。俺のものじゃなくていい。

萌希のことを見ていられるなら、それでいい。

そんなふうに萌希を引きずったまま部隊配属された初日。ミーティングルームで『鷹峰のタックネームなんにする』という話題になる。前の部隊にいたときのものを使うこともあれば、新しい部隊で決めることもある。たいてい先輩や上官が勝手に決めることが多い。

『百里《ひやくり》ではなんだったんだ？』

『スカイです』

『はあ？』

答えた俺に、先輩たちがからかうように眉を上げた。

『ダメダメ、お前みたいな顔がいいやつがんな爽《さわ》やかなタックネーム使うのは』

『そうそう、女子人気が出る』

『ムカつくからそれは却下』

『つうか、なんでスカイ？』

俺をリラックスさせようと気を使っているのがわかる彼らの調子に合わせつつ、苦笑を浮かべて『下の名前からです』と肩をすくめた。

『昊司の昊は、空という意味なので』

『なるほどなー。そのままか』

『ならまあ、そこベースにしようか』

『じゃあスカー』

傷跡《スカー》？

俺は目を瞬く。

『スカイからイケメンのイを引いたんだよ』

『なんだそりゃセンスねえな！』

先輩たちが笑う。俺も笑いながら、それが——あまりにも自分に相応《ふさわ》しい名前に思えていた。

傷跡。萌希を引きずり傷になっている俺にぴったりだと思った。

――ところで、同じ基地には飛行教導群が配置されていた。

飛行教導群、いわゆるアグレッサー部隊。敵役として各地の戦闘機部隊と戦闘訓練を行う部隊だ。

部隊のマークは髑髏《どくろ》とコブラ。空自最強最精鋭《せいえい》のパイロットが集まった部隊だ。

その中に、またしても彼がいた。有永二佐――なんと俺の異動と同じタイミングでアグレッサーに引き抜かれてきたらしい。縁がある、と思っているのは俺だけだろうな。

アグレッサー部隊は、一年の三分の一近くを他の基地への指導で飛び回る。同じ基地にいる間、アグレッサー同士でももちろん訓練するし、他から訓練のためにパイロットが機体ごと来ることもある。――俺のいる部隊もまた、アグレッサーと訓練をする機会が多くあった。

その、有永二佐との訓練の一回目。

ブリーフィングののちに、同じくこの基地に配備されているウエポンスクールの教官と離陸する。アグレッサーが敵としての教導係ならば、ウエポンスクールの教官はこちらの味方としての指導を担当する。

空で――彼は、強かった。ゾッとした。

白い雲、青い空、海、全てにおいてくっきりと目立つカラーリングである真っ黒な塗装に主翼には鮮明な日の丸。尾翼ではコブラが牙《きば》を尖らせている。

堕《お》としてみろと言わんばかりの挑発的なカラーリングだけれど、誰もが知っていた。それが彼の絶対的な自信の表れであることに。そしてそれは彼の自惚《うぬぼ》れなんかじゃない。現実として、彼はおそらく今、空自で最強の男だった。超えるべき対象として不足なし、なんて自らを奮い立たせる。

負けてたまるかとあの日泣いただろう？

そうだ、涙は出尽くした。あとは戦うだけだ。

『おいスカー、えげつないなお前！　あのアルさんとタイマンであそこまでやったのって部隊初だぞ』

訓練後、デブリのためミーティングルームに向かう途中、先輩の声に肩をすくめた。アル、とは有永さんのタックネームだ。

『エース候補とは聞いていたけれど、あそこまでやるとは思ってなかった』

『いや、あれはアルさん、あえて飛び込んできてくれましたからね……』

彼の仕事はあくまで「教導」。指導するためにあえて隙を作ってくれた――にもかかわらず、仕留めそこねた。しかも中距離、こちらはレーダーにほとんど映らないステルス機だというのに、完璧に動きを読まれていた。

実力差を、はっきりと示された。——でも。

でも、埋められない差じゃない。

俺は凡人だ。才能なんてかけらもない。

一生懸命、ひたむきに、がむしゃらに努力し続けるしかない。何度も折れながら、立ち上がり直しながら。そうすればいつかは埋められる差だと、そう思う。傷つきながらでも進め——せっかく傷跡《スカー》なんて名前をもらったんだから。俺は自分にそう言い聞かせる。


『有永二佐』

デブリ後、俺は先ほど俺を完膚なきまでに負かした男の背中に向けて声をかける。何を言う気だ——そう思うのに、頭に浮かぶのはあの日のことばかりだった。

煌めく青と白の機体、太陽を反射する日の丸、吐瀉物に落ちていく涙と鼻血、屈辱。

負けたくない。この男には、負けたくない。

『どうした？』

まっすぐに俺を見据《みす》える男に、俺ははっきりと告げる。

『俺は、いつか必ず、あなたを超えます』

有永二佐は目を軽く瞬いた。それからほんの少しだけ、普段真一文字に結ばれている口元を緩めた。そうしてゆっくりと俺に向け笑った。意外なほど子供っぽい、挑発的な笑みだった。

『超えてみろ』

俺は拳《こぶし》を握り背筋を正し、腹に力を込めた。

『はい！』

有永二佐は微かににやりと笑い、『またな』と濃緑色のフライトスーツの背中を向け、歩き去って行った。


しばらくして、新聞の取材を受けることになった。F－35の新規配備に関するインタビューだそうで、若手の俺にお鉢が回ってきたのだ。

広報官とともに応接室に入ってきた記者は、男女のふたり組。その男に、俺は釘《くぎ》付けになる。

『あ』

思わず声を出した。ふたつ黒子のある、垂れ目がちのその男。彼は一瞬不思議そうな顔をしたあと、ハッとして目を瞠《みは》った。

無言になった俺たちに、彼のコンビである女性が不思議そうに言った。

『小鳥遊くん、どうしたの』

小鳥遊。その名前に、萌希はこの男と結婚したのか思う。珍しい苗字だし、萌希の姓を選んだのだろう。

湧いたのは絶望と、大きすぎる歓喜だった。だとすれば、彼女はこの街——とは言わずとも、この近くに住んでいるのだと思ったから。

それほどまでに、萌希に飢《う》え求めていたから。

『あ、……すみません、鳩谷《はとや》さん』

そう言って彼は俺に名刺を差し出す。震える指を不思議に思った。その名前を見て明らかな違和感で胸がざらついた。

小鳥遊明希《あき》。

アキ、と読むらしい。明らかに——あまりに、萌希と似すぎた字面《じづら》。まるで兄妹のように。

取材自体は、なんとかこなせたと思う。

『お忙しいところ、ありがとうございました。では』

女性のほうが立ち上がる。小鳥遊さんは微かに言い淀んだあと、俺に『お久しぶりです』と掠れた声で言った。俺も無言で頷く。

『……お知り合い？』

『鳩谷さん、すみません。ちょっと鷹峰一尉とプライベートな話をするので、先に車に戻っていてもらえませんか』

『……？　え、ええ。それより大丈夫、小鳥遊くん。汗ひどいわよ』

小鳥遊さんの額には汗が浮かび、瞳には明らかな焦《あせ》りが浮かんでいた。広報官に許可を取り、応接室にふたりきりになる。途端に身体が動いた。小鳥遊さんの肩を掴み声を荒らげかけつつ口を開く。

『あなたは、萌希の……』

『兄です』

真っ白な顔で小鳥遊さんは俺を見上げた。目元にあるふたつの黒子。

『兄……』

呟きながらソファに座り直す。兄。そういえばあのとき、小鳥遊さんはひとことも恋人だなんて言わなかった。

勝手に俺が勘違いしただけだ。

口元を覆い、視線を泳がせた。ならばあのとき萌希が福岡に来たのは一体……？

どうして俺の前から姿を消した？

無言になった俺に、顔色を失くしたまま小鳥遊さんは呟いた。

『あのとき萌希が福岡に行ったのは……そうか、あなたに会いに』

顔を上げ小鳥遊さんを見る。蒼白な彼をじっと見つめた。どうしてそんなに顔色が悪い？

気まずいだけじゃない、そんな雰囲気だ。

『じゃあ、あの事故は僕のせいだ』

思わずだろう、彼が漏らした言葉に胸の奥がざわつく。

『萌希は』

声が震えていた。

『萌希は、元気なんですよね』

小鳥遊さんの目が泳いだ。それから『はい』と頷く。

『元気です』

『……本当に？』

明らかに嘘《うそ》をついている表情だった。取り繕う余裕なんてない、そんな雰囲気。

『ええ』

そう言って彼は立ち上がる。震えていた。

『その節は、大変失礼しました。その、……当時萌希はしつこくバイト先の男に付きまとわれていて。相談を受けた僕が、しばらく萌希の家に住んでいたんです。僕は、あなたとその男を勘違いして。あなたがいらしたとき、萌希はインフルエンザで寝込んでいました』

『そう……だったんですか』

『でも、その後全く別人だと判明して。萌希に他に訪ねてきた男がいたと……あなたの特徴を伝えたら、すごく慌てていて』

はあ、と息を吐きまだ頭を上げない小鳥遊さんを、ソファに座ったまま呆然と見上げる。慌てた萌希は——俺に会いに来ようとした。

会いに来ようとして？

事故、と小鳥遊さんは言った。

背中が凍る。背中どころか全身の血液が氷になったような気分だった。

『萌希は、小鳥遊さん、萌希は』

声が掠れて、まともに発音できているかすら怪しい。耳の奥に蘇ったのは、学生宿舎から見えた夜飛ぶヘリコプターの音だった。

自衛隊機が出動要請されるほど、大きな事故だったはずだ。

『萌希は本当に』

『元気です。……本当に、申し訳ありませんでした』

そう言って小鳥遊さんは再び深く頭を下げ、部屋を出て行った。

俺はその日の勤務を終え、家にたどり着いてすぐにスマホで当時の事故について調べる。

すぐにニュースサイトが出てきた。写真つきだ。本州と九州とを繋ぐ高速道路で起きた高速バスの事故。飲酒運転のトラックが反対車線から突っ込んできたもので、死傷者が多数出ていた。死者の名前に萌希はいなかった。ホッとする自分が嫌だ。醜《みにく》い自分を自覚しつつ、震える指で記事を読み進める。

写真はどれも凄惨《せいさん》を極めていた。ひしゃげた車体、一部からは煙が出ている。

俺は目を見開いた。無事でいられるわけがないと、ひと目でわかる写真だった。

萌希は、新幹線で帰るつもりだった。けれど俺が来るかもしれないと思った萌希は、ギリギリまで待つため深夜の高速バスに変更したのだろう。

そうして――事故に遭った。

『俺の……せいだ』

口を覆い、胸元を握る。俺のせいで萌希は事故に遭った。こんな凄惨な事故に。

ぼたぼたと涙が溢れた。出尽くしたはずの涙だった。止めようがなかった。苦しくて苦しくてうまく息ができない。指先が冷えて震えていた。

いちばん大切な人を傷つけて、苦しませて、なのに俺はのうのうと空を翔び回っていた。

翌日休みだった俺は、名刺を握り朝から小鳥遊さんの勤める新聞社支社の前に立っていた。

彼しかもう、手がかりはない。

やがて姿を現した小鳥遊さんは、明らかに寝ていない顔をしていた。土気色の肌にくまが浮かんでいる。俺に気がつき会釈する彼に、俺はプリントアウトした事故の記事を突きつけた。

『お願いします。教えてください、萌希は、元気なんですか』

『……参ったな。事故のこと、つい口に出て』

小鳥遊さんは眉を下げ、悲しそうな声で言った。俺はゆるゆると首を振る。痛々しいものを見る目をして、小鳥遊さんはため息をついて前髪をかき上げた。

『すみませんでした。お気持ちをざわつかせて』

『そんなことはどうでもいいんです。俺は萌希が無事か知りたいだけなんです』

小鳥遊さんは『日常生活に支障はありません』と小さな声で言った。怪我《けが》を負《お》ったのは間違いないだろうが、回復しているという事実に少しだけホッとする。

『……会いに行っても構いませんか』

『やめたほうがいい』

小鳥遊さんは言い淀み、それから続けた。

『萌希はあなたのことを忘れています』

『それは──あんな事故に遭って……──会いにも行かなかった、事故のことすら知ろうとしなかった俺のこと恨んでいても仕方ないと思います。でも』

でも、なんだと言うのだろう。

ただ会いたい。

くるおしいほどに、彼女を求めている。なんて自分勝手で醜いのだろう、俺という人間は。

『萌希はあなたを恨んでなんかいません』

小鳥遊さんは悲しい声でそう言って、『あそこにでも』とビルの前のレトロな喫茶店を指差した。通された奥まったソファ席で、お互い飲み物に口もつけない。先に口を開いたのは俺だった。耐えきれなかったのだ。

『あのとき、萌希が俺にストーカーのことを相談できなかったのは、俺が悪いです。自分のことでいっぱいで、萌希を気遣う余裕がなくて……最低でした。せめて謝らせてもら』

『無理です』

小鳥遊さんは俺の言葉を遮《さえぎ》る。俺は胸が突かれた思いになった。そんなにも、嫌われているのだろうか。会うことすら拒否されるほどに？

……当たり前だ。事故の原因を作ったのは、俺なんだから。そんな俺に、小鳥遊さんは言いにくそうにして続けた。

『無理なんです……萌希は、萌希には、記憶がないんです』

『……え？』

呆然と小鳥遊さんを見つめた。小鳥遊さんは肩を落とす。

『ここまできたら、全てお話しします。あの日事故に遭った萌希は意識不明の状態で救助されました。ドクターヘリが飛べない状況だったため、陸上自衛隊のヘリコプターで病院まで搬送されました。たまたま訓練でいらしていた医官のかたの処置がよかったため、病院に着くまで萌希には息がありました』

俺は殴られたような気分で彼の言葉を聞いていた。息があった——って、まるでここから止まるような言い方。

『その後、萌希は緊急手術を受けました。ですが僕たち家族が駆けつけたときには、意識は戻っていたものの、自発呼吸も止まりかけて——もう、ダメだと思いました。その状態で、あいつは』

小鳥遊さんは顔を覆う。

『知らせないで、とだけ言いました。そのまま意識を失って——誰に、何を知らせないのか。何もわかりませんでした。おそらく状況としては事故のことだろう、としか』

知らせないで？

俺は目を見開く。

それは俺に対しての言葉のように——思えた。訓練を邪魔しないよう、わがままを一切言わなかった萌希。

『その後なんとか容体は安定しましたが、意識が戻りませんでした。僕は——僕たち家族は、萌希の意志を尊重しすぐに借りていたアパートを引き払い、スマホの回線を解約しました。……スマホ本体は、すでに事故で壊れてしまっていたのですが』

『どうして、そんなことを』

俺の言葉に、小鳥遊さんは俯《うつむ》いて眉を寄せた。

『……当時の僕たちにとって、あの「知らせないで」は萌希の遺言だったんです。なので、家族と親戚以外には決して知らせないように気を使いました。あの子のイシを尊重したかった』

——それは「意思」なのか「遺志」なのか。

遺言、の言葉が重くのしかかる。胸がつかえてうまく息ができない。息苦しくなって、必死で呼吸を繰り返す。

『そして家族で福岡の病院の近くに家を借り、面会時間中毎日病室に籠もって……ただ、萌希が……力尽きるのを待つだけのような毎日でした』

萌希の実家に誰もいなかったのは、福岡にいたからだったのか。

俺が萌希を勘違いでうじうじ想っている間、萌希は……萌希は、死にかけていた。

『ですが、萌希は奇蹟を起こしてくれました。目を覚ましてくれました。その代償として、あの子は記憶を全部失っていました』

小鳥遊さんはようやくコーヒーを飲む。飲むというよりは、唇を湿らせるくらいのものだったけれど。

『よくドラマなんかである、自分のことだけ思い出せないだとか、恋人のことだけ思い出せないだとか、そんなものじゃありませんでした。外傷性の、記憶喪失で――萌希は今まで人生で積み重ねてきた全てを失っていました。話すことも、歩くことも、食べることも、ものを理解することも』

俺は自失したまま彼を見つめる。

『目を覚ましてくれた天国から一変、地獄みたいな毎日でした。不安がって赤ん坊のように泣くんです、大怪我しているのに暴れるんです。事故のとき頭と顔を庇《かば》ったようで、両腕の怪我がひどかったのですが……特に右腕は肘が骨ごと抉れて腕の下半分が取れかけていました。そのせいで今は人工関節が入っているんですが――その腕を振ろうとするんです。力加減なんか全くわかっていません。回復するまで薬を入れてせっかく覚ました意識を混濁させました』

小鳥遊さんの声は潤んでいる。俺は自分の呼吸が浅く速くなっているのに気がついていた。

『その後、回復に合わせて薬を減らし、リハビリを始めました。誰もが萌希は生涯病院から出られないだろうと思っていたのに、萌希はまた奇蹟を積み重ねてくれました。言葉が出ました。微笑んでくれました。歩けるようになってくれました。赤ん坊が成長するように、少しずつまたあいつは経験を重ね、乗り越えてくれました。――今は、後遺症こそありますが、日常生活に支障なく過ごしています。奇蹟です』

言い切って、小鳥遊さんはそっと息を吐いた。俺は顔を覆い、萌希がいかに辛苦を舐めてきたかに直面していた。

何がジェット機に酔ってしまうだ。吐いてしまうだ。萌希は腕が抉《えぐ》られて記憶を失くしていたんだぞ？　なにが傷跡《スカー》だ、俺は何も傷なんか負っちゃいない。傷ついたのは萌希だった。最初から最後まで、萌希だけが苦しんでいた。

『俺のせいです』

なんとか捻《ひね》り出した言葉は、それだけだった。ひどく掠れて、涙で滲んで、ものすごくみっともない。

『萌希に、ご家族に、謝っても謝りきれない……俺が萌希の人生をめちゃくちゃにしました。俺は福岡まで来てくれた萌希に会わなかった。そのせいで事故に遭ったんです。どんな償いでもします、受け入れます』

『……違います。あれは不幸な事故でした。事故だったんです。悪いのは飲酒運転していたドライバーであって、あなたではありません』

そう言って小鳥遊さんは続けた。

『そして、元凶は僕です。萌希を守ろうとして、あなたを誤認して追い返して……結果はご存じのとおりです』

『そんな』

小鳥遊さんはストーカーから萌希を守ろうとしただけだ。

『……なので、萌希に会う必要はありません。あの子はあなたを恨んでなんかいません。全部忘れていますから——ですから、謝られても混乱するだけです。どうか、あなたはあなたの人生を』

俺はばっと顔を上げ、『違う』と弱々しく呟いた。

違う。違うんだ。俺が萌希に会いたいのは——謝りたいだけじゃなくて、贖罪《しょくざい》したいだけでもなくて。

『……お願いします。萌希さんが嫌がるなら、すぐに去りますから……ひと目会わせてもらえませんか』

『贖罪ならやめてください』

『違います』

俺はぐっと奥歯を噛み締めた。口の中で血の味がした。小鳥遊さんは微かに眉を上げる。

『違うんです。贖罪だけじゃない。俺は』

は、と息を吸った。気管支が痛い。眉を寄せ、シャツの胸を掴む。

『俺は今も変わらず萌希が好きです。愛してます。俺の人生は、萌希なしではありえないんです』

『……鷹峰さん？』

『なのに、あんな……あんなことを』

声が上擦り、震えていた。

どうして会わなかった？　変な意地を張った？　ずっと後悔していた。会えなくなるくらいなら、萌希に他に男がいたって別に大したことじゃなかった。そもそも、それ自体が愚《おろ》かな誤解だった。

萌希が他の男を選ぶわけなかったのに。

あのとき会っていたら、萌希は『ごめんね、あれお兄ちゃんなんだ』といつもの笑顔で説明してくれただろう。いや、その前に電話に出ていれば。返信していれば。

俺みたいな愚劣《ぐれつ》な男はきっと、綺麗な萌希に相応しくない。そう思うのに、腹の奥で感情が暴れて制御がつかない。

会いたい、会いたい、会いたい。

どこまでも自分本位な自分に呆《あき》れる。エゴの塊《かたまり》みたいな己に心底呆れかえる。醜い自分を殺したくなる。

なのに、耳の奥で何度も萌希の声が蘇《よみがえ》り、そのたびに押し込めていた想いが溢れて苦しい。

眼窩《がんか》の奥がツンとした。泣きそうになる自分を叱咤《しった》して、俺は必死で言葉を紡ぐ。

『どうか萌希の居場所を教えてください。会いたい、会いたいんです』

『……会ってどうするんです？　萌希は』

小鳥遊さんは微かに息を吐き、続けた。

『もうあなたの知っている萌希じゃないかもしれない……』

『わかってます』

萌希はもう俺のことを覚えていない。

かけらすらも記憶していない。

本当に俺は、萌希の世界から追い出されてしまった。

それでも、会いたい。

また君の綺麗な世界に俺を入れてほしい。汚い俺だけど、君の前だけでは清廉であり続けよう。もう君の世界を汚《けが》してしまわないように。

『お願いします……！』

ソファを立ち床に土下座《どげざ》しかけた俺を、慌てたように小鳥遊さんが支える。

『鷹峰さん』

『お願い……します……』

ぼたぼたとこぼれた涙がテーブルに落ちて濃い色になる。

小鳥遊さんの手に力が入り、それから緩んだ。

『……わかりました。ただふたつだけ、約束してもらえますか』

そうして、萌希の働くカフェを教えてくれた。

『もう、泣かせませんか』

小鳥遊さんに言われ、俺はしっかりと頷く。それは、それだけは、絶対だ。

そうしてもうひとつ、約束した。

『萌希を混乱させたくないんです。どうか、過去に面識が……あなたと付き合っていたことは秘密にしていてください』

俺は頷いた。

今度こそ守る。

守り切る。

それが、焦がれた空を捨てる結果になろうとも、今度こそ萌希を守り切る。

そう決めて、萌希に必死に近づこうと足掻《あが》いた。萌希の姿を見て泣いてしまった俺に、萌希は変わらず優しかった。

初めて会ったあの日のように、優しく眉を下げ微笑んでくれた。萌希は萌希だった。俺を忘れても、彼女は彼女であり続けてくれていた。

そうして世界に色が戻った。空が煌めいて、花は鮮《あざ》やかで、風が心地いい。

萌希もまた、俺に感情を返してくれた。好きですと言われた瞬間を、俺はきっと死ぬまで忘れない。

萌希を自分の家に連れてきたのは、離れたくなかったからだ。彼女の体温を感じ続けていたかった。夢でも幻でもなく、生きてここにいると——。

「シンプルなお部屋ですね」

ベッドの端にちょこんと腰掛けた萌希が、キョロキョロと部屋を見回す。何もない部屋だ。ベッドとローテーブルの他は、真新しいテレビと小さな本棚だけ。その本棚に詰まっているのは航空力学や教本の類だけだった。

萌希のいない世界で、翔ぶ以外の俺はすっかり死んでいたから、他に何もいらなかったのだ。プライベートなんて何もなかった。萌希に再会してから、映画の配信を観るためにテレビを買ったほどだ。萌希と映画の話がしたかったのだ。

俺はグラスにミネラルウォーターを注ぎながら、グラスもひとつしかないことに自分でも驚く。仕方ないので自分の分はマグカップに注ぎ、テーブルに置いた。

「ありがとうございます」

にこっ、と萌希は微笑み、グラスに口をつけた。俺は頬が落ちそうなほど笑っていると思う。

俺の部屋に萌希がいる。すごく幸せだった。

もう苦しめない。辛《つら》い思いなんてひとつもさせない。愛情をひたすらストレートに伝えて、絶対に疑わない。

空よりも愛しているから。

「何か映画でも観ますか？」

俺は何が配信されていたかな、と思いつつ提案する。連れて帰ったはいいものの、テンションが上がりすぎて落ち着かなかった。

萌希は明日休みだと言う。明日はここにいてくれないかなあ、とぼんやりと考えていた。明後日は非番だから、「たかなし」の開店までには送り届けられる。とにかく離れたくない。

配信された映画の一覧を見つつそう思っていると、萌希は目を瞬いて、それから頷いた。

「すみません、離れたくなくて、つい強引に連れてきてしまいました」

萌希は俺の言葉に小さく首を振り、赤くなった自分の頬を手で包む。

「私も一緒にいたかったんです」

俺は抱きしめそうになってぐっと我慢する。ここで触れたら、押し倒してしまいそうで……きっとまだ早いから。

触れたいのは性欲だけじゃない。

萌希の温かさを直接感じたいいんだ。

でもそれは、押しつけるにはあまりに身勝手すぎる欲求だという確信があった。そう思うのに、少し潤んだ萌希の瞳を見て、ほとんど反射的に彼女を抱きしめ、感情を吐露《とろ》してしまっていた。

「大切にします」

そう告げる俺を、萌希はまっすぐに見つめ、少し悩んだ様子を見せたあと「あの」と呟くように言う。

「見せたいものがあるんです」

そう言って萌希は立ち上がり、するりとパーカを脱いだ。目を瞬く俺の目の前で、頬を赤らめた萌希はきゅっと唇を噛み、慌てたようにそれをやめたあと、ぱさりとワンピースも脱ぎ捨てた。

「も、萌希？」

慌てて立ち上がった俺を見上げながら、萌希は眉を下げた。

「これを見せておきたかったんです。気にしないでおこうと思っているんですけど、……もし嫌だったら、その、あまり見せないようにしますので」

萌希の華奢な身体を見下ろす。

その、全身に残る傷と火傷《やけど》の跡――萌希が見せたかったのは、これだ。

どれだけ痛かったのだろう。苦しかったのだろう。

そのうえ記憶まで失って――不安だっただろう。辛かっただろう。

俺のせいで。心臓が軋《きし》んだ。

なのにいくつも奇蹟を起こしてくれた。

また俺を自分の世界に入れてくれた。

ぼたぼたと涙が溢れる。出し尽くしたはずの涙は、萌希を前にすればあっさりと溢れてしまった。奥歯を噛み締め、萌希を抱きしめる。我慢なんかできなかった。

「生きていてくれて、ありがとう……」

何度も繰り返した。それしか言えなかった。

突き刺すような胸の痛みが、罪悪感によるものなのか愛情によるものなのか、何もわからない。

萌希はあの日、死んでいてもなんにもおかしくなかった。

もしそうなっていたら、俺は今頃萌希の墓の前で冷たくなっていた。そう想像してゾッとした。ひんやりと硬い御影石の感触を想像して、腕の中の柔らかで温かな肌に心底安堵《あんど》した。

生きていてくれている。ここにいてくれている。奇蹟をいくつも重ねて乗り越えて、また笑ってくれている。

「あの、気持ち悪かったり、しませんか」

萌希の声は、微かに震えていた。どれだけの勇気を振り絞ってくれたのだろう。

俺はばっと顔を上げ、萌希を見つめた。唇がわななく。眉が強く寄っているのがはっきりとわかった。

「気持ち悪いわけがあるか……っ」

つい強い言い方になってしまい、萌希がびくっと肩を揺らした。俺は慌てて「すみません」と謝り、萌希の手を握り、自らの額に重ねた。

「そんなはずがない……」

そうして告げた。君は綺麗なんだって。俺にとって唯一、綺麗なものなんだって。

萌希は俺に身体を、心を許してくれた。俺は彼女の身体のことを何ひとつ、忘れてなんかいなかった。どこをどんなふうにされるのが好きなのか、どうすれば感じるのか、イってしまうのか、全部。

翌朝。目が覚めて、腕の中に萌希がいた幸福感で、頭がくらくらした。

あの夏、図書館で出会った萌希。溢れる炭酸の泡、落ちてくるステンドグラスの色彩、煌めく瞳。暑かった夏。

泣いていた俺に声をかけてくれた優しい萌希。冷たいハンカチの感触を、いまだに覚えている。前髪をかき上げて、あのときは傷ひとつなかった額に口付ける。彼女の傷は俺の罪の証であり、萌希の努力と奇蹟の証だ。

ごめんな、と頭のうちで繰り返す。

エゴまみれの男でごめん。萌希しかいらなくてごめん。弱い男でごめん。でもきっと守るから。もう傷つけないから。


「萌希、幸せそうです」

小鳥遊さんに唐突に言われたのは、クリスマスが近づいてきた十二月の半ばのことだった。

俺はホットコーヒーを飲み込み、テーブルの反対側にいる小鳥遊さんを見つめた。夕方まで仕事だという萌希を早めに「たかなし」まで迎えに来たところ、たまたま顔を合わせたのだ。萌希の仕事が終わるまでコーヒーでも、と誘われて同席させてもらった。仕事をしていたのだろう、テーブルの上にはノートパソコンが載っていた。

俺は萌希が本当に幸せなのだろうかと頭のどこかで考える。俺みたいな卑劣《ひれつ》な男に囲い込まれてしまうことが、果たして本当に彼女の幸福に繋《つな》がるのだろうか。

「あまり深く考えないほうがいいですよ、鷹峰さん。あなたたちはお互い想い合っている、それでいいじゃないですか」

優しく垂れ目がちな目を細め、小鳥遊さんが言う。

「あなたの性格的に、過去を引きずるなと言っても無理でしょう。萌希が忘れているからと、それを良しとする人でもない。でも、今、萌希を幸せにしてくれているのは紛れもなくあなたなんだ」

「小鳥遊さん」

「ありがとう、鷹峰さん。萌希を諦めないでいてくれて」

俺は逡巡し、それから小さく頷き、「小鳥遊さんは」と呟く。

「小鳥遊さんはどうなんですか」

「僕？」

「責任を、感じすぎてるんじゃないですか」

「……そんなことないですよ」

小鳥遊さんは頬を緩め、それから声のトーンを変えた。

「それより、今日萌希を見たら驚くかもしれません」

「へえ？」

俺は店内に視線を走らせる。キッチンのほうから出てきた萌希を見て目を瞬いた。髪の毛が、ほんの少しだけ明るい色になっていた。

「イトコが近くで美容師をしているんですが、萌希の顔を見るたびに染めるのを勧めていたんですよ。傷を隠すために前髪なんかが分厚いとかで、重いからせめて色を明るくしろと」

「そうですか？　真っ黒も可愛らしいけど」

「はは、ベタ惚《ぼ》れだ」

小鳥遊さんは笑って続けた。

「でもいまいち乗り気じゃなかったんですけどね……あなたと付き合ったのがきっかけなんでしょうね。先日ついに、染めてみようかなと言い出して」

「なるほど」

俺はくるくると働く萌希を見た。どんな髪型でも髪色でも可愛らしいけど、萌希の健気《けなげ》な気持ちが愛おしかった。

ややあって、エプロンを外した萌希が「お待たせしました」と小走りにやって来る。

「全然。俺が早く来すぎただけです」

「萌希、僕には何かないのか」

「お兄ちゃんは勝手に来てるだけじゃん」

むっと口を尖らせる萌希が、素直にとても可愛らしいと思う。

「髪、綺麗ですね」

俺がそう言うと、萌希は照れて髪の毛に触れる。

「本当ですか？　ありがとうございます」

「よかったな、褒《ほ》められて。鷹峰さんにどう見られるか気にしてたもんな。ナツに何回も相談して」

「お、お兄ちゃん」

萌希がキュウと眉を下げた。目の縁が赤い。可愛らしくて思わず肩を揺らした。

「ナツも喜んでたよな。鷹峰さんと付き合うようになって、萌希が明るくなったって」

小鳥遊さんの言葉に萌希も照れたように頷く。ナツ、というのがイトコの名前か。小鳥遊さんが気がついたように「ナツミっていうんです、イトコ」と言い添えてくれた。

髪を切る、それも染めるとなると、どうしても額の傷は晒《さら》すことになる。傷跡を人目に晒すことを気にしている萌希が任せているのだから、よほど気を許している間柄なのだろう。

「なっちゃんにも心配かけてたんだなあって今更気がついたよ」

萌希は申し訳なさそうに髪の毛に触れた。

「……今度は、なっちゃんの言うとおりもう少し短くてみようかな」

「似合うと思う」

つい賛同すると、萌希は照れた様子で小さく笑った。とても幸せそうに笑ってくれた。

もう少しだけ三人で雑談したあと店を出た。手を繋げば、俺を見上げて笑う萌希が愛おしくてたまらない。

萌希の家で夕食を一緒に作る。ポトフとポークソテーだ。

萌希は右手の後遺症をカバーするために、昔はしていなかった様々な工夫をしていた。食材を固定できるまな板や、片手で使えるピーラーなど。器用に左手を使って調理をしていく。

努力を惜しまない人だよな、と思う。

元々右利きだったはずなのに――覚えていないとはいえ、左手を利き手のように使いこなしていた。綺麗に書かれる文字は、昔右手で書かれていたときと変わらない。それを発見したとき、胸にこみ上げたものがあった。愛情と、尊敬と、それから――罪の意識。

「いただきます！」

萌希の部屋はワンルーム。ベッドとローテーブルとテレビだけでいっぱいの、手を伸ばせばなんでも届く空間だ。テレビの横には小さな本棚があり、様々な本が並んでいる。英語のテキスト、歴史の本、ビジネスマナーの本、「大人の語彙力」なんてものもある。あとは中学校の理科の本だの、数学の教科書だのも。

彼女は日々、ひたすら前向きに、一生懸命に学んでいる。過去を取り戻そうと、必死で努力している。

そして一番下の棚に、かつて見たことのあるテキストを発見して目を瞠り——手に取った。

管理栄養士のテキストだ。

「あ、それ、私事故前に栄養士目指してたみたいで」

綺麗に箸を動かしサラダを食べながら萌希は微笑む。

「またちょっと興味出てきて、勉強中なんです。大学で私が使ってたテキストらしいんですけど……けっこう理系っていうか、難しいんです。本当にこんなの勉強してたのかなあ」

してたよ、と俺は胸の中で答えた。

彼女が栄養士を目指していたのは——俺のためだった。そしてまた、今も、きっと。

目の奥が熱い。

どうしてそんなにも、俺のことなんか愛してくれるんだろう。とても深い、一度触れたならば離れられない温かな愛情。

「昊司くんも読んでみる？」

さらりと出た言葉に、ぎくっと背中が凍る。

窺《うかが》うように顔を上げ彼女を見る。萌希は不思議そうに「昊司さん？」と首を傾げた。

「どうしたんですか？」

「あ……いや」

俺はテキストをパラパラめくるふりをしながら考える。今のは——かつての萌希のような口調は。

気のせいだろうか。

記憶が戻る、なんてことはあるのだろうか。

それはきっと喜ばしいことだ。彼女は失った全てを取り戻す——俺のことも。

俺の罪も。

肋骨の奥がゾッと冷える。思い出したならば、萌希は、きっと俺を赦《ゆる》しはしないだろう。自分をこんな目に遭わせた男に愛情なんて抱いてくれないだろう。

また離れていくだろう。

綺麗な萌希の世界から、俺は追い出されてしまうだろう——……嫌だ。

俺は奥歯を噛み締める。嫌だ、そんなの、無理だ。生きていけない。また死んだように生きるのか。世界は色褪せて、花はモノクロで、風はひたすらに不快で。

「昊司さん？　どうしたんですか、体調でも」

「結婚しよう」

俺は顔を上げてほとんど反射的に彼女に告げる。萌希はぽかんとしていた。

俺は必死になって、正座して彼女をまっすぐに見据える。

「萌希。俺は汚い男なんだ、すごく自分勝手で、自分で自分が嫌になる。でも、それでも、大切にするから」

——もう傷つけないから。

「萌希がいない世界で、俺は生きていけない。離れたくないんだ、お願いします、俺と結婚して」

かっこいいプロポーズなんてできなかった。俺は萌希の両手を包んで嘆願する。頼むから、と言い添える。

おそるおそる顔を上げると、萌希の顔は真っ赤だった。微かに潤んだ瞳に、喜んでくれているのがわかる。

小鳥遊さんの言葉が蘇った。今、萌希を幸せにしているのは俺なんだ。胸が熱い。

「愛してる、萌希。俺と結婚してください」

「——はい！」

萌希は涙に滲んだ声で元気に返事をして、俺に抱きついてくれた。小さく、細い息を吐く。

震える指先で、薄い背中を抱きしめ返した。

とてつもない安心感に襲われる。

萌希が俺から離れないように、閉じ込めて——全てを知れば去ってしまうだろうから、鎖《くさり》をつけて——それでようやく、安心して。

「ごめんな……」

小さく呟くと、不思議そうに萌希が視線をよこす。俺は微笑んでみせて、そっと彼女に口付けた。


クリスマスはアラート勤務だった。

年に千回近くあるスクランブルも、今日はなかった。今のところ、だけれど。

代わりに雪が降っていた。日本海側なのでよく積もる。除雪車がひっきりなしに滑走路を走り回っていた。

「鷹峰。結婚するらしいな」

戦闘機の格納庫に隣接している待機室に有永二佐がやって来たのは、俺が晩メシをかき込んでいるときだった。どうやら整備の人間に用事があって、そのついでに寄ってくれたらしい。

モスグリーンの飛行服だった。

もう噂《うわさ》になっているのか、と苦笑した。

自衛官は機密を扱う職務上、親より先に上司に結婚を報告する。相手に前科や公安上の問題がないか調べるためだ。問題がある場合、表立って反対される場合もあるし、さりげなく異動となることもある。俺の場合はパイロットなので、おそらくは萌希にもなんらかの調査が入るだろうことは予測していた。

そんなわけで、結婚だのなんだのといった話題は噂になるのが速い。

「はい。年明けに挨拶に行って、式前に入籍する予定です」

「式は？」

「六月に予定しています」

そうか、と有永二佐が目尻に皺《しわ》を寄せた。ジューンブライドだな、と彼にあまり似つかわしくない言葉も出た。

ふと、彼の左手の薬指に嵌《は》まる指輪に、なんとなく質問してみた。確か子供は三人で、一番上のお子さんは小学生のはずだ。あまり父親をしている姿は想像できないのだけれど。

「アルさんは奥さんとどこで知り合ったんですか」

「お前と一緒だよ。ブルーにいた頃、俺の行きつけのカフェで働いていて、通い詰めて結婚した」

「そうなんですか」

正確には違うのだけれど——というか、どこで出会ったかも噂になっているのか！　気恥ずかしくなる。

「へえ、アルさんけっこうグイグイ行くタイプだったんですね。色々気になる」

アラート勤務のペアである先輩が目を輝かせて話に入ってきた。

アラート勤務はふたり組だ。五分以内に飛び立つペアと、三十分待機組とで二十四時間を交互に交代しながら勤務している。

「アルさん、プライベートあんま見せないから」

「そうか？」

「奥さんとの結婚の決め手は？」

先輩の質問に、有永二佐は間髪《かんはつ》入れずに答えた。

「殺されてもいいいと思ったから」

「……は？」

ぽかんとした先輩を尻目に、飄々《ひょうひょう》と有永二佐は背を向けた。

「じゃあな。鷹峰、おめでとう」

有永二佐が部屋を出て行く。俺はぼんやりと「殺されてもいい」という言葉を頭でリフレインさせていた。俺もそうだな、と思う。萌希にならば殺されてもいい。恨まれても憎まれても、そばにいてほしい――エゴの塊みたいな俺は、それでも萌希を手放せない。

年が明けて、俺は萌希の住む街の料亭で、着慣れないスーツを着込んで正座していた。そうして、座卓を挟んで、萌希のお母さんが号泣しているのをおろおろと見ていた。

「あの事故のとき、もうこの子は死んじゃうんだって思って。とにかく生きてさえいてくれればいいと思っていたのに、こんな、幸せになってくれる日がくるだなんて」

お義母《かあ》さんはしゃくりあげながら言う。

「それも、昊司くんとだなんて」

小鳥遊さんが少し慌てたようにお義母さんの肩を叩《たた》く。その言い方は過去に面識があるのがバレバレだ。

ハッとしたようにお義母さんは俺を見、それから萌希に目をやる。萌希は着慣れない振袖が息苦しいのか、鹿爪《しかつめ》らしい顔をしてお茶を飲んでいる。おそらく萌希以外の全員が、ホッと息を吐いた。

「それにしても、遠路はるばるありがとうございます」

俺は萌希の両親と、それからついでに俺の親にも頭を下げた。

親には全て話していた。過去の罪と、それでも萌希といたいこと。萌希と顔見知りだった母親はとてつもないショックを受け、頬を張られた。あなたのせいじゃないと言ってあげたいけれど、向こうの親御さんの気持ちを考えると無理だと――。

あなたがたったひとこと、返事をしていれば防げた事態なんじゃないのと。

「いやいや、昊司くんのお仕事があるからね。大変だねえ自衛官なんて、勝手に旅行もできないんだろ？」

お義父さんがにこやかに言う。お義母さんも「そうよねえ」と微笑んだ。

「新婚旅行は行けるの？」

「はい、どこの国でもというわけではないのですが」

俺は返事をしながらどうして誰も俺を責めないのだろう、と頭の隅で考えた。あんな目に遭わせておいて結婚だなんてふざけるなと怒鳴られると思っていた。

なのにふたりともにこやかだ。

太ももの上で拳を強く握った。必ず幸せにします、とひとり頭《こうべ》を垂れた。冬の鳥が遠くで高く啼《な》いた。


入籍を控えた二月半ば、基地に記者が訪ねてきた。小鳥遊さんと以前に取材で会った鳩谷記者だ。なぜか俺が指名されたが、新聞の地方欄でこの基地の特集をたびたび組んでくれており、広報としては好意的に伝えてくれている彼女の取材はできる限り受けたいようだった。広報同席の上で様々な質問に答える。

「今後F‐15J前期生産タイプの補完として続々とF‐35Aが主力戦闘機として配備されていく形ですが、鷹峰一尉としてはどうお考えですか？　以前はF‐15に搭乗されていたと聞き及んでおりますが」

「そうですね、やはり高性能な機体なので……」

「こちらの基地では二〇二五年に四機配備されました。鷹峰一尉はその最初のパイロットに選ばれたわけですが」

「光栄です」

「それだけの実力があるということかと。今後の目標をお聞かせいただけますか」

本当は。

本当は、ブルーに乗りたい。あと一歩、手を伸ばせば届くところまできている。

でも俺は——俺にあるのはもう、空だけじゃないから。

ブルーインパルスの任期は三年。一年目は師匠について技を学び、二年目は展示飛行の中心となり、三年目は師匠となって弟子を鍛える。まさか途中で辞めるなんてできない。

「——より実力を磨き、不撓不屈《ふとうふくつ》の精神をもって防衛にいっそう尽力していきたいと考えています」

「ありがとうございました」

鳩谷記者が頭を下げた。俺も挨拶し、席を立ちかけた瞬間、鳩谷記者の雰囲気が変わる。

「――ところで」

「はい」

「ご結婚されるとか」

俺は少し目を瞬いたあと、苦笑した。

「はい。小鳥遊さんから？」

「ええ、彼から聞いて――正直、ありえないと思いました」

一瞬、息を呑む。

彼女は、俺が萌希にしたことを知っているんじゃないだろうかと。広報官が「あれっ」という顔をした。

「あのう」

「すみません、少しだけ――いいですか鷹峰一尉。あんな感じの女性を、男性が好むのは知っています。可愛らしくて、ちょっとあざとくて、ものを知らない、苦労なんてしたことのない、浮世離れした女性」

俺は呆然と鳩谷記者の言葉を聞く。きっと――ひどい顔をしている。

苦労をしたことがない？　萌希が？

過《よぎ》ったのは怒りで、でも……それを鳩谷記者にぶつけたところでなんになる。

鳩谷記者は俺の様子に気がつくことなく言葉を続けた。

「そういった女性とご結婚だなんて、あとで一尉が苦労されるのは目に見えています。もっと芯のある、しっかりした女性がよいかと。悪いことは言いません、差し出がましいとは思いましたが、ひとこと申し上げたくて」

「鳩谷さん」

俺は声を抑えながら言う。萌希は周囲から、時にこんなふうに見られながらも生きてきたのだと——その断片が見えて、苦しかった。

「鳩谷さんは記者ですよね」

「……？　ええ」

「では、真実を見るのが使命のはずだ」

鳩谷さんは立ち上がり、じっと俺を見ている。俺は彼女を座ったまま見上げてそっと頬を緩めた。情けない顔をしているだろう。

「今、その目で見ているのは真実ですか？」

「それは、どういう……」

「記者さんならできるはずだ。一度、萌希について調べてみてください」

俺はそう言い残して部屋を出た。パタン、とドアが閉まる音が廊下に響いた。

……勝手だっただろうか。萌希の過去を探るようなことを言うだなんて。

ただ、何も知らないで見下されるのは、我慢ならなかった。萌希ほどの努力家を、俺は知らないというのに。

落ち込みつつ帰宅するため飛行服からジャージに着替える。飛行服をリュックに詰め込みランニングしながら帰宅すると、俺の部屋に明かりがついているのに気がつく。

エレベーターを待つのももどかしく、階段を駆け上がった。鍵を開けると、玄関にぱたぱたと走ってくる可愛らしい足音がした。

ドアを開く。

「おかえりなさい！」

玄関でエプロンをつけた萌希がニコニコと立っていた。髪が少しだけ、短くなっていた。なっちゃんとやらに切ってもらったのだろう。

反射的に身体が動いて抱きしめてしまう。

「ただいま」

「昊司さん冷えてる」

俺の身体に頬を寄せて萌希が目を細めた。胸が詰まる。愛されているのだとわかる。

もし俺があのとき君に会いに行っていたら、こんな幸せはもっと早くに手に入っていたのかな。空に手は届かなくとも、萌希の笑顔は俺の腕の中で、傷ひとつ負うことなく笑ってくれていたんだろうか。

胸が切なく痛む。ぎゅうっと彼女を強く抱きしめた。萌希がはしゃいで笑う。愛おしいと素直に思う。

「髪切ったんですね。可愛い」

そう言って顔を覗《のぞ》き込むと、萌希が照れたように眉を下げた。

「ありがとうございます」

「どうして急に？」

俺は萌希の頭に頬擦りしながら聞く。萌希は「バレンタインなので」と笑う。

「十四日はお仕事なんですよね？　なので、ちょっと早めに。台所、勝手に使いました」

手を引かれ廊下を歩く。いい匂いがした。

「美味《おい》しくできてるといいんですけど」

ローテーブルに置かれていたのは鍋だ。卓上のＩＨコンロの上で美味しそうに湯気を立てていた。

「うお、うまそ……！」

故郷、福島の芋煮だった。芋煮は東北ではよく血で血を洗う論争になっている。地方によって味が違うのだ。福島の芋煮は味噌ベースだ。うちの実家では、芋煮会でもないのに鍋のようにして冬は頻繁に食べていた。

手を洗ってラグに座ると――ラグもクッションも、萌希が家に来るようになって買ったものだ――萌希がニコニコと菜箸で鍋の様子を見ている。

「里芋たくさん入れたんです」

機嫌良く言う萌希だけれど……ほとんど片手しか使えない萌希がこの量の里芋の皮を剥《む》くのは、それこそ一日仕事だっただろう。たっぷりの葱《ねぎ》と、蒟蒻《こんにゃく》と、人参《にんじん》と……。

普通に作るのですら手間だと思うのに、萌希は俺が喜ぶだろうと故郷の味を作ってくれた。

「その、ありがとう萌希」

他にどう言い表せばいいのかわからず感動していると、萌希は照れた顔のまま軽く首を傾げた。可愛い。

「そういえば、レシピはどこで？」

まさかわざわざ俺の母親に連絡したのだろうか、と聞いてみると萌希はキョトンとした。

「え、前一緒に……作りませんでしたっけ」

俺はそっと息を吐く。そうして吸う。芋煮のうまそうな匂いがする。

それは――もう随分と前、萌希に傷がなかった頃のことだった。

「そうでした」

俺は微笑む。覚悟は決めておこう。彼女が全て思い出す日が来るかもしれないことを。

詰《なじ》られる日を、憎まれる日を、覚悟しておこう。

それでも萌希を愛している。縋りついて赦しを乞《こ》う、死ぬまでなんでも君の言うとおりにするからそばにいてくれって。

もう飛行機に乗るなと言うなら、いつでも俺は空を捨てられる。そのためにブルーへの憧れは捨て去った。萌希より大切なものなんてないのだと、俺は知っているから。

一緒に芋煮を食べ、後片付けをして、照れる萌希と一緒に風呂に入り、ベッドでたっぷり貪り合って、抱きしめ合い眠る。

明日には失くなるのかもしれない幸福。

腕の中ですやすや眠る萌希はとてもとても幸せそうで、俺はほんの少しだけ、泣いた。

昊司《こうじ》さんは甘いものをあまり食べない。……ので、バレンタインに何をプレゼントしようかな？　と考えて、思いついたのが芋煮だった。東北出身の昊司さんは味噌風味のそれが大好きなのだ。いつだか忘れたけど、一緒に作ったこともある。

『これマジで好きなんだよな』

と言っていた昊司さんの表情を思い出して、少し首を傾《かし》げた。

なんだか今より、ずっと幼い雰囲気《ふんいき》と顔つきだったような気がする。

……まあ、気のせいかな。

そしてサプライズで彼の家を訪れ、エコバッグいっぱいに買った食材で芋煮を作っていく。

「うう、里芋難しい……」

右手ではぬるぬるする里芋を掴《つか》むのが難しい。なので持参したまな板で食材を固定して切りたいのだけど、里芋のぬるぬるで外れてしまう。そこで、キッチンペーパーを滑り止めにしてなんとか固定に成功した。

「よし！」

うまくいったのが嬉《うれ》しくて、キッチンでひとりではしゃいでしまった。コツを掴めば、あとはなんとかなる。とん、とん、と里芋や食材を切っていき、味噌で煮込む。豚汁のようで、ちょっと違う。

苦労のかいあってか、なかなか上手にできた。昊司さんも喜んでくれて、何回もおかわりしてくれて。

——そうして。

「ん、あ……っ」

「萌希《もえぎ》、気持ちいい？　またイった？」

うつ伏せになった私にのしかかるようにして、昊司さんが掠《かす》れた声で言う。

自分のナカ、蕩《とろ》けかけた肉襞がきゅう、きゅうーっ、と収縮しているのがわかる。

恥ずかしくて身体を少し捻《ひね》れば、私のナカをいっぱいにしている彼の屹立《きつりつ》が最奥で角度を変えた。敏感になっていた私は、それだけで甘く達してしまって。

「あ、あっ」

びくっ、と腰を跳ねさせてしまえば、はは、と昊司さんが頭の上で笑う。

「ひとりで気持ちよくなってる萌希、めちゃくちゃかわいい……」

こめかみに落ちてくるキスは、慈《いつく》しみがたっぷり詰まったものだった。愛されているのだと、胸をかきむしりたくなるほど嬉しくなる。大好きだって叫《さけ》びたいけど、それもなんだか違う気がする。代わりのように私のナカで蕩けた粘膜がうねって彼のを締めつけた。きゅうって、大好きって、キスしているみたいに。

昊司さんが抽送を再開する。ずるずると、私のナカで彼の大きくて硬い熱が動く。薄い皮膜越しに、お互いの粘膜を擦《こす》り合わせる行為が、こんなに気持ちよくて、心を満たしてくれるものだなんて。

フワフワと頭の芯が白く蕩けていく。もう快楽を追うことしか頭になくて、微《かす》かに腰を揺らめかす。

「気持ちいいな萌希、可愛い……」

昊司さんは私が気持ちいいと嬉しいみたいだった。何度も優しく蕩けた声で私を呼んで、うなじにキスを落とす。背骨ひとつひとつをなぞって、撫《な》でて――やがて傷跡にも指を這《は》わせる。彼は傷跡について何も言わない。ただ、撫でたりキスをしたりする。

枕を抱きしめていた私から一度彼は出て行く。ずるり、と抜けていく肉の圧迫感――と、くるりと仰向けにされ、ナカに昂《たかぶ》りを挿《い》れ込まれる。挿れたまま私の太ももに跨《またが》るようにして、足を閉じさせた。

「あ、ああっ」

脚を閉じているせいで、彼の形がまざまざとわかる。弾力ある大きく張った先端がナカをミチミチと拡げていくのも、肉襞を擦り上げていくのも、本能に従って下りてきた子宮の入り口をぐいっと内臓ごと押し上げられてしまうのも。

私のナカはあますところなく、彼のものでいっぱいになる。最奥までみっちりと咥《くわ》え込み、蕩けながらうねるナカの肉厚な粘膜。きゅううっ、と彼のものに吸いついて微かな痙攣《けいれん》を繰り返す肉襞。入り口が自然と窄《すぼ》まる。彼のものを抜かせまいとするあさましい本能だ。

「は、あ、あ」

目の前がチカチカしていた。その線香花火みたいな幻の向こう側で、私の頭の横に肘をついた昊司さんが蕩け切った笑顔を見せた。

「かわいいな、またイった」

そう言って腰を動かしだす。

「待っ、……まだ、イって」

イってる途中、と懇願したのに、彼は私の太ももを脚で挟み、必要以上に脚を広げさせないようにしながらごちゅごちゅと抽送してくる。

「あ、あ、ああっ」

信じられないほど自分が濡《ぬ》れているのがわかる。彼のものが最奥をこれでもかと抉《えぐ》ってくる。

昊司さんにがっちり脚を固定されて、快楽の逃しようがない。

快楽に悦楽を重ねてくる。イってるのにイかされる。無理やりに絶頂を何度も味わわされる。

「昊司さぁ……っ」

私はシーツを掴み、イヤイヤと首を振る。昊司さんは優しく微笑《ほほえ》み「ん？」と首を傾げた。

どこまでも慈しみ深い声と表情——なのに、腰の動きは止めてくれない。それどころか、いっそう激しさを増す。私は切れ切れに短く喘《あえ》いだ。もう息が続かない。

「やぁっ、も、壊れちゃう……っ」

「それは困る」

そう言いながら、彼は最奥をゴツゴツ穿《うが》ってくる。あられもなく快楽に泣きじゃくって私は彼にしがみつく。

「あ、ぁっ、イっちゃう、うっ」

もはや可愛く喘ぐなんて無理。ただ発情期の猫みたいな声を上げていた気がする。どろどろに蕩けているナカの粘膜がきゅうんとうねり、吸いつき、ねだるみたいに収縮する。

「っ、あ……萌希、それずるい」

昊司さんが低く呟《つぶや》き、私の膝裏に手を入れて脚を開かせる。痛くないよう、じゅうぶんに気をつけてくれているのがわかる——どれくらいなら私の負担じゃないのか、彼はすっかり覚えてくれていた。そうして抜ける寸前まで腰を引き、傷がまだ生々しく残る私の膝にキスを落とし、頬を寄せた。

そこに、一体どんな感情があるのだろう。目が合う。昊司さんは本当にごくごく軽く私の膝を甘く噛《か》んだあと、一気に最奥まで貫いてきた。

「……っ、ぁ……——！」

顎が上がり、腰が浮く。子宮の入り口を抉ろうとでもしているかのように、彼はガツガツと屹立で穿ってくる。そのたびに彼のものが私のナカを擦《こす》り引っかき動く。私はシーツを握りしめ、半泣きで暴力的なまでの悦楽に身を任せる。彼が動くたびに絶頂して、頭がくらくらする。すっかり身体から力を抜いた私を、昊司さんは抱き上げた。繋《つな》がったまま、されるがまま、今度はあぐらをかいた彼の上に座らされる。

自重もあって、屹立がぐぐっ……と再び子宮の入り口を押し上げる。

「掴まってて」

指先一本にさえ力が入らない状態で、それでも必死で彼にしがみつく。そうして彼は私の尻たぶを掴むと、前後に揺らした。ぐちゅぐちゅと粘度のある水の音が鼓膜を揺らす。

「あっ、ああっ、ん、……っ、はあっ」

子宮の入り口を肉張った先端で押し上げたままぐりぐりとされて、私の身体はもう、快楽に耐えきれなかった――ぶしゅ、っと何か漏《も》らしてしまう。

「ぁ、やだ」

私は半泣きで、べしょべしょになった結合部を見下ろす。私、一体……。絶頂に絶頂を重ねた思考は、ほとんど機能していない。

「気持ちいいと出ちゃうんだよ、こういうの」

昊司さんが私を見つめ、額を重ねて笑う。……すごく嬉しそうだ。

「ほんとに？」

「本当」

そう言って頭に頬を寄せ、また同じような動きを繰り返す。優しく、甘く、何度も与えられる絶頂。もはや自分が何をされているかもほとんどわからない。ただ下腹部はわななき、強くうねり、私はただの雌《めす》でしかないと突きつけられる。

「昊司さん、昊司さん」

私は彼にしがみつく。昊司さんは私にキスを落とす――何度も、何度も、深さと角度を変えて。口内を彼の舌が蹂躙《じゅうりん》する。唇ごと食べられているんじゃないかと思うほど、深いキスでうまく息もできない。その状態で、子宮を抉るように下から突き上げられる。

情けない、発情期の猫みたいな声を上げ、私は背中を反らしてイってしまう。

昊司さんが強く私を抱きしめる。私のナカで、皮膜越しに彼が欲を吐《は》き出している――その昊司さんは私の髪を撫で、耳やこめかみにキスを落とし、そのたびに「愛してる」と囁《ささや》いてくれた。

ああ、幸せだなあと私はぼんやり思う。

ずっとずうっと、このままでいられたらいいのに。


三月の上旬、私は昊司さんと入籍した。結婚式は六月の予定だ。

叔母さんがにこやかに笑い、クラッカーを鳴らした。閉店後の「たかなし」でちょっとしたパーティーを開いてもらったのだ。

「おめでとう！」

「それにしても、いいの？　新しいバイトの子が慣れるまでは通ってくれるって。遠いのに」

「遠いって言っても電車で三十分くらいですから」

駅までの歩きを含めて一時間かからないくらい。東京とかならむしろ通勤時間としては短いんじゃないだろうか。

「送迎できるときは車出します」

昊司さんが少し申し訳なさそうに言う。彼の職務上、基地から離れたところには住めないのだ。新居も基地の近くで探した。

「そういえば、今年は春にやるのね。航空祭」

叔母さんの言葉に昊司さんが頷《うなず》く。

航空祭とは、一般の人も基地に入って間近で飛行機を見られるイベントらしい。昊司さんが乗っているような戦闘機の他、消防車や戦車まで積めるような大きな輸送機なんかも展示されるようだ。

昊司さんが勤務する基地では、たいてい秋に航空祭を行っているのだけれど、今年は国際訓練の関係でゴールデンウイーク明けに開催となったのだそうだ。飛行機好きのくせに、そういったイベントには行ったことのない私はかなり航空祭を楽しみにしていた。

なにしろ、昊司さんも展示飛行するらしい。いつも乗っている、F‐35という機体だ。

「ブルーインパルス来るんでしょう？　楽しみ」

叔母さんが朗《ほが》らかに笑う。

ブルーインパルスの展示飛行は、お祭りの目玉らしい。街中に貼ってある航空祭のポスターにも、写真が大きく使われていた。

「昊司さんは」

ふと、疑問が口をついた。

「昊司さんは、目指してるの？」

ブルーインパルスを。あの青と白の機体に乗ることを――。

昊司さんは私に視線を移し、じっと私を見つめ、それから静かに首を振った。

「いや」

「そうなの？」

てっきり、「そうだ」と答えると思っていた。まっすぐに、きらきらした瞳で、俺はあれに乗りたいんだって――そう、言うと……。

どうしてそう思ったんだろう。誰も彼もがアクロバット飛行をやりたがるわけじゃないだろうに。内心首を捻っている私に、スマホを見ていたお兄ちゃんが声をかける。

「あ、萌希。ナツ間に合いそうだって」

「え、本当？」

なっちゃんこと、従兄《いとこ》の夏巳《なつみ》くんだ。叔母さんの息子で、美容師をしている。いつも遅くまで働いているのだけれど、今日は絶対顔を出すと言ってくれていたのだった。

「鷹峰《たかみね》さんの顔見たいって騒いでたからな」

お兄ちゃんの言葉に苦笑する。昊司さんは私を見て微笑む。

「仲がいいんですよね？」

「はい。小さい頃から……らしいです。覚えてないんですけど。こっちに来てからは髪のことも含めて色々面倒見てもらって」

そうなんですね、と目を細めた昊司さんと私を交互に見て、叔母さんが「ところで」と首を傾げた。

「あなたたち、いつまで敬語なのよ。もう夫婦なんだし」

夫婦、という言葉に照れてしまう。昊司さんが「そのあたりはおいおい」と眉を下げて私の指先を握る。彼の耳朶が赤い。昊司さんも照れているのだと思うと、なんだか面映《おもは》ゆい。

「それにしても、小鳥なのに鷹と結婚するなんてな」

笑うお兄ちゃんを見て、ふと思い出して昊司さんを見上げた。

「そういえば、そんな話もしましたよね。小鳥遊《たかなし》って鷹がいなくて小鳥が遊べるからタカナシなんだって」

昊司さんが小さく目を瞠《みは》ったあと「そうでしたね」と微笑んだとき、がらりと「たかなし」のドアが開かれた。

「萌！　結婚おめでとう」

大きな向日葵《ヒマワリ》の花束と一緒に入って来たのはなっちゃんだった。少し垂れ目がちなのはお兄ちゃんとそっくりだ。垂れ目はお父さん方の血筋なのかもしれない。

私は立ち上がって「わあ」と目を瞬《またた》く。

「なっちゃん、それすごいね」

今の時期に、こんなにふんだんに向日葵で花束を作ってもらえるだなんて。

「だろ？　わざわざ予約して作ってもらったんだ」

自慢げに私に向日葵を渡しながら、彼はちょっとだけ呆然《ぼうぜん》としている昊司さんに目をやる。

「こんばんは、鷹峰さん。萌希の従兄の夏巳です」

「あ……」

昊司さんは少し目を瞬いたあと、慌てたように立ち上がる。

「失礼しました。鷹峰です。式ではお世話になります」

六月にある結婚式で、なっちゃんがヘアメイクを担当してくれることになったのだ。

ちなみに神前式、白無垢《しろむく》だ。ドレスを着る勇気はないのだった。

「いえいえ、こちらこそ従妹《いとこ》の門出を近くで見られることになってとても嬉しいです」

そう言いながら、なっちゃんはじっと昊司さんを見つめた。どこか意味ありげな視線に首を傾げると、なっちゃんは微笑んだまま言葉を続ける。

「オレね、あなたと萌希に何があったか聞いてるんですよ。ちゃんと幸せにしてやってくださいよね」

昊司さんが表情を変えないまま、小さく唇をわななかせた。ただ、私はそれどころじゃなかった。

「ちょっ、な、なっちゃん！　恋愛相談してたことは内緒にしてててって……！」

「あはは、いいじゃんか」

「やめてよ恥ずかしいよ」

両頬を手で覆《おお》う。まったくもう、絶対にバラさないでって言っておいたのに！

なっちゃんは私の横に座り、昊司さんと楽しげに会話をしていた。少しだけ、昊司さんの様子が変な気がする。

家に帰って、いつもどおりに微笑む昊司さんの服の裾を掴んだ。

「萌希？」

「昊司さん……何かありましたか？　なんだか様子が変な気がして」

「あ……」

昊司さんは少し眉を下げて、それから困ったように言う。

「何もないですよ」

「本当に？」

「はい」

「あ……でも」

昊司さんは私の髪をさらりと梳《す》いた。

「少し、びっくりしたし——嫉妬もしたかもしれません」

「え？　なんで？」

一体誰に？

ぽかんとして昊司さんを見上げると、彼は照れたように口元に手を当てた。

「夏巳さんです。名前だけ聞いていたから、女性だと思ってて」

「……あ、そっか。ナツミ」

目を瞬く私に、昊司さんは目元を少しだけ赤くして続ける。

「萌希が俺に傷を見せてくれるよりもっと前に、君は彼には傷を見せることを許していたんだなあと思ってしまって」

「あ、あの、でもその、従兄という気安さもあって」

「……ですね。ただ、勘違いをしないでほしいのが……疑ったりしているわけではないんです」

私は首を傾げる。昊司さんはしっかりと私を見て続けた。

「萌希が他の男のところに行くわけがないって、ちゃんとわかってます。つまり、その、子供みたいな嫉妬です。気にしないで」

私はぼうっと彼を見上げながら、なんだか急に胸で大きくなる感情に戸惑う。

信じてほしい。

私にはあなたしかいないんだよ。

いつか、昔、そんなふうに強く思ったことが――あった気が、して。

「……私、あなたしかいないの」

呟くように言葉を紡ぐ。昊司さんは真剣な顔をした。

「ちゃんと知ってるよ」

「――よかった」

私は目を閉じて、昊司さんに抱きつく。彼はぎゅっと私を抱きしめ返してくれる。

一方で私は、タールみたいな不安がじわじわ湧き出しているのに怯《おび》えていた。

私は――私の記憶は、もしかしたら、戻ろうとしているのかもしれない。

ときどき蘇《よみがえ》る強い感情は、昊司さん以外の人といた記憶……なのかもしれない。そんなものを思い出して、私は今の私と同じでいられるのだろうか。

怖くて仕方ない。

昊司さん以外の人に触れられた記憶なら、思い出したくない。普通の人になんかなれなくていい、このままでいい。


定期検診に行った診察室で、私はその不安について先生にかいつまんで話してみる。先生は小さく眉を下げ頷いた。

「そうね……実のところ、わたし個人の考えとしては、あなたの記憶に関してはいつかある程度回復するのではと考えているの」

「え……っ」

私は椅子《いす》の上で身体をこわばらせた。てっきり、よほど運が良くなければ戻らないものだと……。

「原因が、そもそも曖昧《あいまい》だしね。検査しても脳に異常はないから、おそらく事故当時に負《お》った軽度の出血は回復しているはず。それも検査に出ないほどの、微量の損傷ね」

受傷後半年から一年は神経の回復が可能なのと先生は言った。

「あなたの言語能力が回復しだしたのも、事故後半年くらいだったわね」

そう聞いている。私は頷き、手のひらをぎゅっと握った。

「あくまで推測だけれど、記憶に関しては――もしかしたら、他の原因があるのかも。たとえば、精神的な」

「精神的な……」

「もしよければ、カウンセリングの先生にも共有して、そういったアプローチでの治療を開始してもいいいんじゃない？　やる価値はあるわ」

私は小さく首を振る。

「むしろ思い出したくなんかないんです」

「怖い気持ちはわかるわ。強要するものではないから……ご家族にも相談してみて」

家族、と言われて両親たちを思い浮かべ、それから今私の家族は昊司さんなんだと思い直す。どうだろう。いらない心配をかけるだろうか。

病院を出ようとエントランスを歩いていると、自動ドアの向こうに鳩谷《はとや》さんがいるのが見えた。少し前のことを思い出して、肩をこわばらせる。

……また怒られたらどうしよう。お兄ちゃんから私が昊司さんと結婚したと聞いたのかも。

でもそんなふうに思うことが、私の幼さな気がして思い切って自分から彼女に近づいた。が

あっ、と自動ドアが開く音がする。

「鳩谷さん」

「……あ！」

鳩谷さんはハッとしたように私を見て小さく頭を下げた。私は首を傾げつつ、頬を緩めた。

「お見舞いですか？」

「いえ、その……今日は、小鳥遊くんにあなたの予定を聞いて……あ、違うの！」

はっと鳩谷さんは慌てたような顔をする。

「その、この間は……急に不躾《ぶしつけ》なことを言ってごめんなさい」

「は、はい……」

唐突な謝罪に目を丸くする私を、鳩谷さんは院内のカフェに誘った。

「何を飲む？　出すわ」

「え、そんな、悪いです」

あたしが誘ったんだから、と言う鳩谷さんの言葉に素直に甘える。ホットのカフェラテ、いつもどおりだ。鳩谷さんはブラックでなんだかイメージどおりだ。大人の女性っていうか……そんな人からすれば、私はやっぱり子供なんだろうなと内心シュンとした。

「萌希さん、その節は本当に申し訳ありませんでした」

テーブルにつくやいなや、鳩谷さんは真摯《しんし》に頭を下げてきた。私は慌てて手を振る。

「い、いえあのその、本当のことだと思うので」

「違うの」

鳩谷さんは俯《うつむ》いた。

「知らなかった……は言い訳にならないわね。あなたの事情も知らずに、一方的に決めつけてあんなひどいことを言って、許してとは言いません。ただひとこと、謝りたくて」

「事情……って」

記憶のことだろうか。

「兄に聞きましたか？」

「いえ、調べたの。別のかたに……あたしが見ているのは真実かと問われて、それで……ごめんなさい。本社のデータベースにあなたの名前が」

そう言ってから慌てたように顔を上げた。

「ほ、報道はされてないわ。事故に関する記事の下書きにあっただけだと思う」

「そうなんですか」

私は当時のニュースについて触れたことはない。病院のカウンセリングの先生からも、両親やお兄ちゃんからも止められていた。

「あの、別のかたって？」

「それは……」

「あ、言いにくいなら」

私は首を振った。私の記憶のことを知っているのは、病院関係の他は両親とお兄ちゃん、叔母さんと従兄のなっちゃん、昊司さん。

どの人たちも信頼している。だから、彼らのうち誰かが鳩谷さんが知ってもいいと判断したのなら、私もそれでいい。

鳩谷さんは「ありがとう」と呟いたあと、続けた。

「そこから、当時を知る人に話を聞いたりして……」

「当時？」

「あなたの大学の同級生だとか」

「同級生！」

私は目を瞬く。鳩谷さんは微かに目線を和らげた。

「あなた、しっかり者で優しくて皆に慕《した》われてて。友達も多くて、人気があったみたい」

私はちょっとびっくりする。私に友達だなんて、あまり想像できない。

「あはは、なんだか羨《うらや》ましいです」

「ただ、みなさんあなたが事故に遭ったと知らない人が大多数だったの。どうやら事故に遭ったこと自体、隠されていたみたい」

「そうなんですか？」

どうしてかな、と少し不思議には思った。

「あなたが福岡《ふくおか》に行った理由もわからなかったし」

福岡ですか？　と聞き返しそうになって言葉を飲み込む。単純に高速バスの事故とだけ聞いていた。

私は当時、京都《きょうと》にある大学に通っていたはずだ。果たして福岡に何をしに行ったのだろう？

「とにかく、そうやってあなたの事情に近づくにつれ……あたしはなんて失礼なことを言ってしまったのだろうって」

そう言って鳩谷さんは眉を寄せた。

「……あたしね、よく新聞記者向かないって言われるの。ゴシップ誌向きだなんて言われたり……その、プライベートでも他人事に勝手に首突っ込んで、余計なことしてしまって、嫌われること多くて、ダメだってわかってるのに暴走してしまうのね。あなたにしてしまったみたいに。正義感だなんて思ってたけど、あんなの正義感でもなんでもないわ」

「鳩谷さん……」

「今度のことで、自分にほとほと嫌気がさした。あたしに先入観なく、真実だけを伝える公平な記事なんてとうてい書けない――記者、辞めようと思っています」

鳩谷さんは眉を下げて笑った。

「萌希さんはすごいわ。本当にかっこいいと思う。あのね、あたし。あなたに記憶がないとも後遺症があるとも気がついてなかった。それはひとえに、あなたの努力の成果よね」

「努力……でしょうか」

「そうよ。あなたはかっこいいわ」

私は目を瞬く。かっこいい？

「どれだけ苦しくても前を向いてひたむきに頑張ってきたあなたは、きっとこれから何が起きても鷹峰一尉と乗り越えていくんでしょうね。お似合いだと思う」

鳩谷さんは優しく微笑んだ。

「結婚おめでとうございます」

「あ……ありがとう、ございます」

お礼を言いながら、私は言いたいことを一生懸命に頭でまとめる。鳩谷さんは小さく微笑み、席を立った。

「じゃあ、あたしはこれで。お幸せに」

「ま、待ってください！　鳩谷さん。あの」

私の剣幕に、鳩谷さんはまた椅子に座り直した。

「私、鳩谷さんは優しい人だと思います」

「そんなことないわ。優しかったらあなたを傷つけていないもの」

「あの、うまく言えないんですけど……本当に先入観のない人なんていないと思います。その、どうしても主観は入っちゃうっていうか……むしろ、自分は先入観がないと、公平だと思っている人のほうが危ういです。でも、それをわかっている鳩谷さんなら」

私はじっと彼女を見つめた。

「きっといい記者さんになれると、私は思います」

鳩谷さんは目を丸くして私を見ている。私は眉を下げた。

「鳩谷さん、私が唇噛んだとき注意してくれたでしょう」

「あ……あれも、その」

「あれ、本当に私のこと心配してくれたんだってわかってます。ありがとうございます」

「萌希さん……」

「兄も鳩谷さんのこと頼りにしてると思います。あとひとつだけ、いいでしょうか」

「なに？」

「鳩谷さんって、あの、兄のこと好きですよね？」

そう言った瞬間の、鳩谷さんの顔の真っ赤になりようと言ったらすごかった。

「あ、ああああのその、そのええっとね」

「やっぱり。それもあって、その妹の私があんまりにもフニャフニャしてるからしっかりしないとお尻を叩《たた》きたくなったんでしょう」

鳩谷さんはしばらくワタワタしたあと、がくりと肩を落として「そうよ」と呟いた。

「やっぱりあなた、小鳥遊くんの妹ね。すっかり色々見抜かれてるんだもの」

「兄ってそんなにすごいんですか？」

「ええ、とてもストイックだし尊敬してる。ときどき無理をしているように思えるけど」

そう言ってから鳩谷さんは肩をすくめた。

「でも、ありがとう。もう少しだけ、記者を続けてみる」

「そうしてください」

「……本当に、ありがとう」

鳩谷さんはそう言って今度こそ席を立った。


私は帰宅してから、ソファに座ってスマホを見つめる。あの事故について調べようと思えばいくらでも調べられる。鳩谷さんによればあれは福岡で起きた高速バスの事故で、そして起きた年もわかっている。

窓の外は夕焼け色だった。春の夕焼けは、橙《だいだい》よりもどこかピンクじみている。

じきに昊司さんが帰宅する――今日は、一緒に夕食を作って食べようと約束していた。

思い出したくない。

でも、ただまんじりと不安でいるのも嫌だ。

もし思い出したときに――事故のことを思い出してパニックを起こすのも怖い。やっぱりある程度知っておくべきなのではと思い直した。

緊張する指でスマホをタップする。

すぐに情報がヒットした。こんなに簡単にアクセスできたものだったなんて。

私の知らない、私の過去。

表示された写真に、私は息を呑《の》む。素人《しろうと》目にも悲惨なものだった。微かに肩が震えてしまう。

「私、よく、生きて……」

ゾワゾワと足元から恐怖が押し寄せた。ぐっとこらえながら事故の詳細を読む。

読みながら、思う。

なんで私は福岡に行っていたの？　何かイベントでもあったのだろうか？　たとえば、スポーツの試合だとか、アイドルのコンサートだとか？

肋骨の奥で、心臓が軋《きし》む。

そんな楽しいことじゃなかった——ような、気がした。私は何かを伝えに行ってた。大切な何かを。

「私、あなたしかいないのに」

ぼたっ、と涙が溢《あふ》れてスマホの画面に落ちた。落ちだしたら止まらなかった。

苦しい。寂しい。切ない。——会いたい。

どうして連絡をくれないの、返事もしてくれないの？

愛おしい。

これは誰に向けた感情なんだろう。

「思い出したくない」

私はスマホをソファに投げ置き、頭を抱えた。やっぱり、どう考えても、嫌だ。どうしてだろう、私は昊司さんに「昊司さんだけ」って思ってほしいんだ。他の人に触れられたくない——違う、触れられてたなんて思ってほしくない。だから過去の記憶なんていらない。他の人を愛してた記憶なんていらない！

泣いている私をうろたえ呼ぶ声がする。慌てた足音、私を抱きしめる温かな体温。

「萌希？　萌希、何があった？」

焦燥しきった、私のことを大好きな人の掠れた声。

「昊司さん」

私はぐしゃぐしゃになっているであろう声で言う。

「昊司さん、私、記憶、思い出すかもしれない」

びくっ、と昊司さんが肩を揺らして私の顔を覗《のぞ》き込む。真剣な顔をしていた。――どこか諦めたような目をしていた。どうしてそんな顔をするの。

「私、嫌なんです。嫌なの、思い出したくない」

「――どうして？」

「あなた以外、いらないから」

昊司さんはぐっと眉を寄せる。それから私を強く強く抱きしめてくれた。

「具体的なことは何も思い出せないのに、感情だけ蘇るんです。辛《つら》くて、苦しくて、切なくて、会いたくて、伝えたかった」

「――何を？」

「あなたしかいないって」

細くて、掠れた声でなんとかそう告げ昊司さんの広い背中に手を回す。必死で服を掴み、泣きじゃくりながら――昊司さんが肩を揺らした。ハッとして顔を上げると、彼ははらはらと涙をこぼしている。そっと手を伸ばした。

「どうしたの？」

「ごめんな……」

「泣かないで」

私は指先でなんとか彼の涙を拭《ぬぐ》う。昊司さんは同じように私の涙を拭ってくれる。

「昊司さん。ごめんなさい、意味のわからないこと言って……心配させて」

首を振る昊司さんに私は必死で続ける。

「でも、今の私には昊司さんだけなんです――ずっとあなたしかいないって思ってた」

「知ってる」

昊司さんは間髪《かんはつ》入れず頷き、私の頭に頬を寄せた。

「大好きだ萌希、君が全て思い出して俺を嫌いになっても、たとえ憎んでも――俺は君を死ぬまで愛してる」

「嫌いになんかならない」

声が微かに上擦《うわず》った。私は一生懸命に首を振る。

「私もあなたが大好き、愛してる、記憶が戻ったってこの感情は変わらない」

「うん」

昊司さんは優しく微笑み、私の頬を包んでキスをしてくれた。それだけで、すごく安心した。たとえ記憶が戻ったとしても、この感情だけは嘘《うそ》じゃないって。


一緒に夕食を作りながら吶々《とつとつ》と話す。

「いざ思い出したときにパニックになりたくないと思ったんです。それで少しだけ記事を読むつもりが……結局ああなっちゃって、情けないです」

「情けなくなんかない」

昊司さんは静かな声で言い、続けた。

「君は強い。本当にそう思う――強いし、かっこいい」

「かっこいい……ですか？」

「何があっても前を向いて進む君は、俺にとって世界一かっこいい人だ」

私は目を瞠《みは》り、それから小さく笑った。

「ありがとうございます。今日、かっこいいって誰かに言われるの二回目」

「へえ？　誰に」

「兄の同僚で、鳩谷さんって……あの、ときどき『たかなし』にもいらしてくれるんですけど、今日ちょっとお話ししてて、そんなふうに言ってくれて……嬉しかったんです」

そう言うと、昊司さんは軽く目を瞠り、それから優しく笑った。

ゴールデンウイークにも、当然のように昊司さんには勤務があった。でも連休をもらえたとかで、そのうちの一日を結婚式の前撮りにさせてもらった。

「わ、昊司さんかっこいい……！」

結婚式を挙げるホテルの衣装室で、私は思わず拍手をしてしまう。

昊司さんが着ているのは、航空自衛隊の儀礼服だ。儀礼服とは、普段着用する制服ではなく、特別な礼典時に着用するものらしい。

昊司さんの普段の通勤はジャージでランニングしながら。仕事着だという飛行服は洗濯のときしか見たことがないから、実質、制服姿を見るのは初めてかもしれなかった。

「なんだか着慣れないな」

上衣は白、下は濃い紺色の夏礼服姿の昊司さんが帽子——正帽というらしい——を取って苦笑する。金色のモールがきらりと光る。

そうして私に目を向け、とても眩《まぶ》しそうな顔をした。

「すごく似合う」

「そう、かな」

私は衣装室の大きな鏡の前で目を瞬いた。

着ているのは、真っ白なウェディングドレスだ。……といっても露出はほぼない。上品なレースで長袖になっているし、同じレース生地の中指に引っかけるフィンガーレスグローブをしているため手の甲の火傷《やけど》痕も見えない。

前撮りも着物の予定だったけれど、ドレスに未練があったのを昊司さんには見抜かれていて、「前撮りならどうですか」と提案されたのだった。

「うん、本当に似合ってるよ萌希」

ひょい、と顔を出したのはなっちゃんだ。今日のヘアメイクもお願いしていた。私は「ありがとう」と小さく首を傾げた。

なにしろ昊司さんが、ちょっとなっちゃんにはヤキモチを妬《や》いてしまうようだから。嬉しい気持ちもありつつ、そんな嫌な思いはさせたくないなあと思うのだ。

「そろそろメイク入ってもらっていい？」

メイクはなっちゃんの同僚の女性スタッフさんが担当してくれることになっていた。彼女は私も顔見知りで、傷のことも知っているから少し気楽だ。

「う、うん」

ちょっと挙動不審になった私の手の甲を、昊司さんがぽん、と撫でる。

「綺麗《きれい》にしてもらってきてください」

穏やかな眼差《まなざ》しに「はい」と返事をして口角を上げた。衣装室のメイクブースに向かう途中に、なっちゃんが「あ」と声を上げる。

「ちょっと待ってて」

「ん？　うん」

なっちゃんは試着ブースに向けてぱっと身を翻《ひるがえ》す。

先にメイクブースの椅子に座ってメイクしてもらう。ファンデーションの塗り方ひとつとっても素人とは全然違う。

「ほら、こうしたら目立たないでしょ？」

にこやかに言われて鏡を見れば、頬のちょっとした傷跡もすっかりと消えている。いつも四苦八苦して消しているのに。

「わあ……」

「このコンシーラーすごくいいのよ。新しいやつ、プレゼントするね」

「え、そんな」

「結婚祝いだよ～」

そう言われると遠慮するのも申し訳ない。お礼を言うとぷにぷにと頬をつつかれた。

「あたし萌希ちゃんのこと好きだからさー。いつも話してて癒《い》やされるっていうか」

「え、あ、ありがとうございます……！」

なんだか最近、嬉しいことを言ってもらえることが増えたなあ。昊司さんのそばにいて、少し明るくなったせいかもしれない。

「だから、萌希ちゃんが店長のお嫁さんになってほしかったのになあ」

「へ？」

想定外の言葉に目を丸くした。店長って、なっちゃん？

「あ、ごめんねラブラブな旦那さんとの前撮りの日に〜。でも従兄にしては距離近かったし、てっきり付き合ってるのかなとか思ってたんだよ」

「あ、その、小さい頃から仲良くて」

まあ正確には「仲がよかったらしい」のだけれど。

「そうなんだあ」

「そもそも従兄ですし」

「従兄って結婚できるんだよー？　って新婦に言う内容じゃないよねごめんね、忘れてね」

スタッフさんの笑顔に、すぐに頷く。ちょっとした冗談の類《たぐい》だったのだろう。

「お待たせ〜。ごめんごめん、先に鷹峰さんセットしちゃった」

そのタイミングで、なっちゃんが相変わらずにこやかな表情でブースに入ってきた。その背後から、髪の毛をセットし終えた昊司さんも。昊司さんは衣装室スタッフのかたにセットしてもらう予定だったはずだけれど。

私はぽかんと昊司さんを見つめた。普段から精悍《せいかん》でかっこいいのに、こんなふうにされたら直視できない。私は挙動不審気味に目線を動かした。ドキドキしすぎて手に汗を握ってしまった。

「わーかっこいい。そりゃ店長敵《かな》わないわ」

「しっつれいだなお前」

なっちゃんはスタッフさんの頭を小突き、私の座る椅子の後ろに立つ。そうして鼻歌交じりに髪の毛を整えてくれた。それにしてもプロはすごい。あっという間に髪の毛をくるくると巻いて、それを上品なハーフアップにしてくれた。

「巻くと可愛らしさが増すな」

「そうかな、変じゃないかな」

「可愛いって」

なっちゃんはそう言って、髪にパールがふんだんに使われたアクセサリーをつけてくれる。

「よし完成」

しゅるり、とドレスの上に羽織っていた汚れ防止のケープを取られる。

私は鏡の中の自分を見つめる。なんだか不思議な気分だった。見慣れていたはずの私の姿が、全く別人のように見えた。

ふと振り向くと、ブースの隅っこで昊司さんが目を潤《うる》ませている。

「こ、昊司さん？」

「……すみません、あんまりにも綺麗で」

昊司さんが小さく頬を緩めた。

「あはは旦那さん、泣き虫ですねー」

スタッフさんの言葉に眉を下げる昊司さんに、なっちゃんが「幸せにしてくださいよー？」と飄々《ひょうひょう》とした感じで言う。昊司さんは表情をすぐにキリッとさせて頷く。

その後すぐに迎えにきてくれた写真館のスタッフさんと一緒に、ホテルの庭に出た。

初夏の庭園は、そこかしこに薔薇《ばら》が咲き誇《ほこ》っていた。蔦薔薇が綺麗な煉瓦《れんが》の壁の前や、天使の意匠が可愛らしい噴水の前で、私たちは何枚も写真を撮られる。

「ひょ、表情筋が攣《つ》ってきてます……」

私はスタッフさんに額の汗を拭《ふ》いてもらいながら昊司さんに向かって眉を下げた。昊司さんも「確かに」と肩をすくめる。

「こんなに写真を撮られたのは、生まれて初めてだ」

「ほんとに」

くすくすと額を寄せ合い、こっそりと話していると――シャッターを切る音が響いた。目を瞬きそちらに目をやると、カメラマンさんがサムズアップして大きく笑っていた。

「今の自然にラブラブでとってもよかったです！」

スタッフさんが離れた瞬間を狙っていたらしい。一瞬ぽかんとして、ラブラブと言われるような行為をしてしまったことにひどく照れてしまう。

「では、外での撮影はこちらで終了です。休憩のあとは室内での……」

「すみません、少しだけ、時間もらっていいでしょうか」

昊司さんがスタッフさんに声をかける。頷くスタッフさんに会釈をして、昊司さんは私の手を取った。

「少しだけいいですか」

「……？　はい」

首を傾げつつ、手を繋《つな》がれたまま庭園を歩く。甘い薔薇の香り。さらさらと初夏の風が葉を揺らす音がした。

空は五月らしい、爽《さわ》やかな水色だ。飛行機雲がくっきりと続いていた。

「こっちに」

昊司さんは小さなパティオにあるガーデンチェアに私を座らせた。少し奥まった場所にある、白い蔦薔薇が咲く壁で囲まれた中庭だ。

周りを見渡していると、昊司さんがすっと片膝立ちで跪《ひざまず》いた。

「昊司さん？」

昊司さんは無言で私の左手を取り、こちらを見上げる。精悍で強い眼差しが私を捉えていた。思わず息を呑む。きらり、と儀礼服の金モールが陽光に煌《きら》めく。

「渡せていなかったから」

少し掠れた声で彼は言って、薬指にそっと指輪を嵌《は》めてくれた。透明な宝石がきらきらと輝いていた。

「俺に、君を幸せにさせてもらえませんか」

私は目を見開き、彼を見つめる。

キリッとした、端正で真摯《しんし》な眼差し——は、私を見つめている。私だけを見てくれている。

心臓が蕩《とろ》けて落ちるかと思うほど、キュンとした。嬉しくてうまく言葉にならず、唇が小さくわななかいた。目の奥が熱くて、メイクが崩れちゃうと思うのに溢れ出す涙が止められない。

何も言葉にできなくて、ただこくこくと頷いた。私の指先を握る昊司さんの手に力がこもる。

「絶対に幸せにします、何があっても」

そう言って、彼は私の手の甲にキスを落とす。レースに隠された火傷の痕に。

私は頷きかけて、それから彼の頬に触れた。あまり力の入らない右手で、彼の頬を撫でる。

「私にも、幸せにさせてください」

「……萌希」

ゆっくりと、昊司さんが顔を上げた。

「一緒に幸せになりたいです」

昊司さんは目を瞠り、それからゆっくりと目を細めた。

「いいんでしょうか、俺まで。もうこれ以上ないほど幸福なのに」

「それを言ったら、私もです」

昊司さんは立ち上がり、ふわりと私を持ち上げた。子供にするみたいな、縦抱っこを軽々としてくれる。

「俺はもう、この記憶だけで一緒幸せに生きていけます」

「もっと欲しがってください」

私は唇を尖《とが》らせた。昊司さんは謙虚すぎると思う。あまり自分のことを省《かえり》みないというか、シンプルすぎるというか。最初彼の部屋に行ったとき、殺風景すぎて驚いた。パイロットとして必要なもの以外は、彼は持っていなかったのだ。

そんな彼が、私を欲しがってくれた。

それがとても嬉しくて誇らしい。でももっとわがままに欲しがっていいと思う。

「俺は萌希がいてくれたら、それでいいんだ」

柔らかく彼が目を細めた。

ふと胸を突かれる想いがして、私は自分から彼の唇にキスを落とす。私を抱き上げている昊司さんの手に、いっそう力がこもった。

ずっとこんなふうに、想い合っていけたらいいのにな。

私は心の底から、そう思う。


ゴールデンウイーク明け、相変わらず空はどこまでも蒼《あお》く澄んでいた。私はワクワクしながら家を出る――なにしろ、今日は楽しみにしていた航空祭だ。

歩き回るかもしれないな、とTシャツにパーカ、黒いパンツ、履き慣れたスニーカーを選んだ。

基地までは昊司さんなら走って行ける距離だ。ただ私がそれをするととても怒られそうなので――なにしろ彼は少し過保護気味なので――バスに乗る。もうクーラーが入っていた。

窓越しに空を見上げる。ものすごく暑くなりそうだ。

基地では荷物チェックを受けて入場する。その際に年齢アンケートがあって、担当の隊員さんに「自衛隊、ご興味ありませんか？」なんて声をかけられてしまった。なんでも三十二歳まで入隊できるそうだった。「すみません」と頭を下げる。事故の後遺症で無理なんです、なんていきなり言われても困るだろうし……と、入場して私は広い道の隅っこでぽかんと空を見上げた。空港だから、広いのはわかっていたけれど……こうして見ると、やっぱりかなり広い。たくさんの人が見学に来ていた。

入場ゲートでもらったパンフレットを開き、スケジュールを確認する。まずはオープニングフライトというものがあるらしい。

かなり暑くなるから、と昊司さんに心配されていたし、昊司さんのフライトが終わったら帰ろうかな、と思っていた。ブルーインパルスの展示飛行は気になるけれど、私は昊司さんが見られればちょっと満足みたいなところがあるし。

見学エリアはすでに人でいっぱいだった。なんとか見られそうな場所を確保し、帽子を持ってくればよかったなあと空を見上げた。

何列か前の最前列にいる、かなり本格的なカメラを持ったおじさん二人組が「今日は暑い」「熱中症のタブレットあるよ」みたいな会話もしている。そのおじさんの横に立っている女性が連れていた小学生くらいの男の子は、ブルーインパルスのTシャツを着て、同じく帽子まで被っている。首から提げた双眼鏡は、ブルーインパルスの飛行機を模したものだ。妹さんと思《おぼ》しき女の子ふたりも、同じものを首から提げていて、可愛らしくて微笑んでしまった。やはり目玉はブルーインパルスなのだろう。

昊司さんも、きっとかっこよく飛ぶと思うのだけれど。

この基地は滑走路の一部を民間と共用しているため、ときどき白いジェット機が離着陸した。そういうのを見ているのも面白い。

ややあって、きぃん、というエンジン音とともに駐機場《エプロン》に並んでいたいくつもの戦闘機が動き出す。濃い灰色の、昊司さんが乗っているやつじゃない型が先頭だ。二人乗りらしく、乗っている人たちがこちらに手を振っているのが見えた。濃緑色の飛行服に、ヘルメットを被っているのがわかる。

戦闘機は列をなし、ゆっくりと滑走路に向かう。その最中に、観客へのサービスなのか上についている板のようなものをぱかっと動かしてくれたりしていた。なんとなくブレーキをかけたときの補助用の板ではないかな、と予想した。

列の中に派手な塗装の戦闘機が何機かある。青だったり、赤だったり。なかでも目立っていたのは真っ黒に塗装されたものだった。翼には鮮明な日の丸、尾翼には怖そうなコブラが描かれていた。

パイロットの男性が観客の……さっきの三人子供を連れた女性を指鉄砲で撃つ。ファンサービス？　と首を傾げると、ブルーインパルスの少年が「おとうさーん！」と叫《さけ》んで手を振った。女の子たちも「パパ！」とはしゃいでいる。ファンサービスではなく家族サービスだったらしい。

いいなあ、と思った。昊司さんは……気がつかないだろうな。だって私、後ろのほうだし。

ややあって、昊司さんが乗っている、F－35という戦闘機がやって来た。他の戦闘機と比べると色が濃く、平べったい。ステルス機と言っていたから、そのせいなのかな。

オレンジがかったコックピットに見える姿に、顔ははっきり見えないのに昊司さんだってわかった。

私は左手を上げる。気がついてもらえないかもしれないけれど、一生懸命に手を振った。

……と、昊司さんがこちらに気がついたような、そんなそぶりをした。すぐに前を向くけれど、ヘルメット越しに目が確かに合った気がする。一瞬だけど、しっかりとサムズアップしてくれた。

見つけてくれたんだ……！

はしゃいでしまいそうになりながら、ぶんぶんと手を振った。

やがて滑走路に入った戦闘機が続々と飛び立っていく。私はお腹に響くエンジンの音と振動に目を何度も瞬いた。身体の芯を揺さぶられるような、そんな音だった。

「あ」

私は昊司さんの飛行機が空に飛び立っていくのを見守る。高いエンジン音が凄《すご》みを増し、加速したかと思うと一瞬で離陸した。こんなに短い距離で離陸できると思っていなかったからちょっと驚く。エンジンの筒の中に炎があるのがはっきりとわかる——エンジン音が低くなり、ほとんど垂直といっていい角度で空に駆け上がっていった。そうしてあっという間に姿が小さくなって、他の飛行機に続いて見えなくなる。

「萌希さん」

ぽん、と背中を叩かれて振り向くと、鳩谷さんがいた。新聞社名の腕章と、首には「ＰＲＥＳＳ」と書かれた入場証が下がっていた。

「あれ、こんにちは。取材ですか？」

「そうよ」

聞けば、今日は航空祭に訪れた一般の人やファンのかたの取材で回っているらしい。

「今年はブルーインパルスが来ているから、子供の数が多いんじゃないかしら」

ちらりとあたりを見回す鳩谷さんに頷くと、彼女は優しく笑う。

「ところで、さっき離陸したの、鷹峰一尉？」

「はい」

「このあとデモフライトなのよね。楽しみね」

そう言って私の横に並び、鞄《かばん》から飴《あめ》を取り出す。熱中症対策に！　と書かれていた。

「顔が赤いわよ。よければこれ舐《な》めて」

ありがたくいただくと、鳩谷さんは小さく微笑んだ。どうやら、しばらく一緒にいてくれるようだった。

ややあって、空に菱形《ひしがた》に並んだ四機の飛行機が姿を現す。

『F−15戦闘機のオープニングフライトです。一番機、防大〇期——』

大音量の音楽とともに始まったアナウンスに目を瞠る。どうやら機体の説明だけでなく、パイロットの紹介までしてくれるらしい。編成を崩した戦闘機は轟音《ごうおん》とともに飛び去っていった。

「すごい！」

少し声を張らなければ話しかけられないほど音がすごい。エンジンも、音楽も、ざわめきも。お祭りという感じがして、すごくドキドキしてしまう。鳩谷さんも頷いた。

『続きまして、教導隊が進入して参ります』

さっきの黒い戦闘機だ。続いて、アナウンスとともに昊司さんのF−35も上空に姿を見せた。

『第３０６飛行隊、鷹峰昊司一尉。航学〇期、福島県出身。タックネーム、スカー』

私は静かに息を吐いた。昊司さんのタックネーム……ようはパイロットネームは……傷跡、なんて名前だったのか。

ふと私はなんでタックネームがなんなのか知っているのだろう、と思う。

考えている間にも、昊司さんは同じ飛行機と二機並んで飛び去っていく。

その後もさっき飛び立った飛行機が全て姿を見せて、『全機エプロンに戻って参ります』のアナウンスとともに続々と着陸していく。

「すごいですねえ、みなさんあんなふうに楽々と離着陸しているように見えますけど」

「相当練度がないと難しいと思うわ」

そんな会話をしているうちに、救難隊のヘリや飛行機が姿を見せた。ヘリの姿に周りにいた子供たちから歓声が上がる。

続いて、さっきの黒い戦闘機――教導隊、アグレッサーというらしい――のデモフライトだった。私も目を丸くした。飛行機をこんな、まるで自分の手足のように動かすだなんて。

「搭乗されているのは有永《ありなが》二佐ね。元ブルーインパルスのパイロットよ」

「ブルーインパルス……」

私は呟き、縦横無尽に空を駆ける黒い機体を見上げる。初夏とは思えない日差しを反射して、彼はエンジンの筒から熱を吐き出しながら空で大きく一回転する。

「……あの、鳩谷さん。ブルーインパルスには、どうやったらなれるんですか？」

「え、鷹峰一尉、ブルーに興味が？」

「えっと、言っているのを聞いたことは」

ない、と言いかけて喉が詰まる。

そうだ、彼は……彼の目標は。意識していないのに、するりと言葉が続く。

「いつか五番機のパイロットになりたいと」

「エースね！　希望して審査に通ればいいはずよ。狭き門のなかのさらに狭き門だけれど、鷹峰一尉ほどの腕前ならいつかきっと選ばれるわ」

「……ですよね」

私は静かに続ける。

「昔から、ずっと、努力してたんですから」

「奥さんから見ても努力家なのね」

優しく言ってくれる鳩谷さんの言葉を聞きながら、じわじわと湧いてくる不思議な感情に、身体がフワフワし始めていた。酩酊《めいてい》に近い。

昊司さんはものすごい努力をしていた。会っているときだってテキストを読み込むくらい――

私はそんな彼を見るのが好きだった。

これはなんの記憶？

今よりずっと幼い彼が、はにかんで笑う。

「あ、次よ、F-35」

私は空を見上げた。さっきのように離陸していく飛行機……──『飛行機、乗るの楽しいですか?』『はい』──よかった、と私は思う。彼が憧れていた空に手が届いて──でも……まだ目標は半ばなんじゃないのかな。だって、彼は。

──昊司くんは。

「ブルーインパルスのパイロットになりたいんだもの」

私は呟き、がくんと身体から力が抜けるのを感じた。

「も、萌希さん!?」

慌てた鳩谷さんの顔の向こうで、蒼穹《そうきゆう》で、昊司くんの乗った戦闘機が羽に飛行機雲をまとわせて空を飛ぶ。翔《と》び回る。彼の望んでいたとおり。垂直に空に駆け上がり、機体をとてつもないスピードで大きく旋回させた。歓声が湧き上がる。

何度も目を瞬く。

ああ彼は、翔べるようになったんだ。

いつしか感じていた、彼がうまく翔べなくて悩んでいたこと、苦しんでいたこと。

そんな彼に迷惑をかけたくなくて、何も言えなくなっていって──……。

鳩谷さんの声が遠くに聞こえる。熱中症だ、とか周りの人が言っている。

気がつけば担架に乗せられたらしかった。救護室のようなところで、私はまだぼんやりしている。視界は二重映しのように見えていた。扇風機の風が当てられて、鳩谷さんがボーっとする私にペットボトルでスポーツドリンクを飲ませてくれた。

こく、こく、と喉を冷たい液体が落ちていく。

「この人、３０６の鷹峰一尉の奥様なんです。一応お伝え願えますか？」

「あれ、本当ですか。今のデモ終わったらしばらく空くはずだから、伝えておきますよ」

鳩谷さんが誰かと会話しているのが、靄《かすみ》がかった意識で聞こえる。

「萌希さん、少し横になる？」

どうやら頷いたらしい。彼女は私が横になるのを手伝ってくれた。

ぼんやりと天井を見つめている。その間、ずっと鳩谷さんがうちわで扇《あお》いでくれていた。やっぱり優しい人なんだ。

どれくらい時間が経っただろう。上の空のような、はっきりしているような、曖昧な状態で鳩谷さんと会話を続ける。

そのうちにドアの向こうからバタバタと慌てたような足音がした――かと思えばすぐに開かれる。

「萌希！　倒れたって――！」

深い緑色の、飛行服を着た昊司さんだった。目を瞬く。二重映しの視界に、今より幼い彼が重なる。

春の日だ。

散ったはずの桜が——見えた。

ほう、と息を吐いた。泣きそうなくらい、嬉しかった。人が減っていく駅の待合室で、私はひとり、スマホを見つめて座っていた。

来てくれるはず、来てくれるはず。

進んでいく時計。暗くなる風景。なくなる終電——深夜バスならまだ戻れる。そうだ、ギリギリまで待とう。

そう思った。

「萌希」

待ち望んでいた声がした。大好きな人の声だ。誤解させてしまった、謝らなきゃ、きっと傷ついているから。ごめんね、相談してなくて、邪魔したくなかったの。

「……よかった」

私は少し掠れた声で呟きながら身体を起こす。あれ、なんで私寝てたんだろう？　でも慌てたように彼は私のそばに来て、身体を支えてくれた。その彼にぎゅうっと抱きつく。

「昊司くん、誤解させてごめんね。あの人、お兄ちゃんなんだ」

昊司くんがびくっと肩を揺らした。やっぱり傷つけてしまっていた。

「ごめんね、嫌な思いさせたよね」

「萌、希」

「大好きだよ。あなたしかいない」

昊司くんは強く私を抱きしめた。待ち望んだ体温に包まれたまま、視界が少しずつ暗くなる。

私はとても幸せだった。

だってようやく、伝えられた。

ずっと伝えたかった——ごめんねって。

大好きだよって。

あなたしかいないって。


途切れていく意識の中で、ふと思う。

傷跡《スカー》なんて名を与えられて、あなたはどんな気持ちで翔んでいたの？

辛くなかったのなら、いいな。

【五章】昊司

覚悟はしていた。

だから、心は凪《な》いでいた。萌希《もえぎ》が記憶を取り戻したことは、きっと素晴らしいことだ。

「混乱しているってことですか?」

萌希が搬送されたのは、いつも彼女が定期検診を受けている大学病院だった。担当医の穏やかそうな先生は、俺の質問にゆっくりと頷《うなず》く。

「そう。仕方ないことだわ、一気に過去を取り戻したんだから」

「……面会は」

「正直なところ、勧めません。今の状態の萌希さんにあまり刺激を与えるのは……」

そうして、簡単に説明してくれた。おそらく萌希の記憶喪失は、外傷性の記憶喪失と精神的なショックによる後退とが入り混じってしまったのだと。精神的なショック——俺と会えなかったから？　それとも単純に事故のせいか。医師は慰《なぐさ》めるように言う。

「おそらく目の前であんな凄惨《せいさん》な事故を目にしてしまったせいだと思うわ。ごめんなさいね、こういった事例はあまりないの。正直手探りというか」

医師の言葉に奥歯を噛《か》み締め、拳《こぶし》を強く握ってから頷いた。

「面会できないのはあなただけじゃないわ。ご実家のご家族にも待機してもらってる」

とにかく安静を優先するということだろう。

萌希の病室の近くにあるデイルームに行くと、萌希の両親と小鳥遊《たかなし》さんがソファに座っていた。

「ああ、昊司《こうじ》くん。大変だったね、さっきまで飛行機乗ってたんだろ？」

「そうよ、無理しないで。萌希にはあたしたちがついているから、少し寝に帰ったら？」

窓の外はすっかり日が暮れていた。時間の感覚が全くない。小鳥遊さんが立ち上がり、俺の肩や腕を優しく叩《たた》く。

「休んだほうがいいです。顔色がひどい」

「――無理です。気になって」

「意識もある。身体も健康だ――少し混乱しているだけ。すぐに退院できますよ」

慰めるように言われる。俺は緩慢に彼らを見つめる。この人たちは、かつて萌希が事故に遭ったとき——今の俺よりよほど辛《つら》かっただろう。苦しかっただろう。そう思うと胸が痛くてたまらなくなった。

いったん、萌希の両親は近くのホテルに帰ることになった。小鳥遊さんとふたりきりになったデイルームで、俺は立ち尽くしたままぽつりと呟《つぶや》く。

「……俺、パイロット辞めようと思ってます」

「え？　どうしたんですか急に」

小鳥遊さんがソファから立ち上がり、目を剥《む》く。俺は眉を下げて笑った。

「今の仕事はどうしても萌希を優先できないこともあるし、転勤もあります。萌希の負担になることは、もうしたくないんです」

そう、腹を決めた。

萌希がいなくなるくらいなら、空なんて——ぎゅっと目を瞑《つむ》る。青と白が一瞬だけ瞼《まぶた》の裏を横切って、俺はふっと息を吐《は》いてかき消した。

もう、いらない。

萌希さえいてくれるなら、それでいい。

「——これからも結婚生活続けられるような言い方してますねえ」

低い声に振り向く。萌希の従兄《いとこ》、夏巳《なつみ》さんが腕を組んで立っていた。

「ナツ。なんだ急に」

「だってそうだろアキ。記憶が戻った萌希が、こんな男愛し続けることができると思うか？　自分が事故に遭った原因になった男だぞ」

「っ、ナツ……前も言ったけれど、それは鷹峰《たかみね》さんのせいじゃない。確認さえしなかった僕のせいだ」

「違うね。こいつの余裕のなさが原因」

夏巳さんは俺を見上げ、皮肉げに笑った。

「前撮りのときに言いましたよね。もし萌希があんたのそばにいたくないって思ったら、もうオレがもらっていくって――二度とあんたに会わせないって」

ぐっと奥歯を噛み締める。拳を強く強く握る。そんなの嫌だと腹の中で感情が暴れた。萌希、萌希。

俺は夏巳さんを見つめ、首をゆるりと振る。

「だいたい、オレはこの結婚反対だったんだよ、いつまでもうじうじしてるような男と結婚して萌希が幸せになれるわけないじゃん」

「ナツ！　お前」

声を上げた小鳥遊さんの肩をそっと掴《つか》み、俺は首を振る。

「大丈夫です。――全部、彼の言うとおりです」

「鷹峰さん……」

「でも、俺は」

俺は胸元を掴み、俯《うつむ》いて続けた。涙が出そうになっている。泣くわけにはいかない。息を吸うと、少し震えた。ぐっと歯を噛み締め、言葉を続けた。

「俺は――萌希のそばにいたい。わかってます、これは俺のエゴです。こんな俺を萌希が愛してくれるなんて思えない。嫌われて――」

はあ、と息を吐いた。鼻の奥がツンとする。

「憎まれて、詰《なじ》られて、それで当然だと思ってます」

「そんな、鷹峰さん……」

「でも！」

俺は声を抑えつつ、けれど叫《さけ》ぶように言う。

「でも、俺は萌希といたい。復讐のためでもいいから、そばにいて欲しい……！」

「それって贖罪《しょくざい》のため？」

夏巳さんは静かな声で聞いてくる。俺は肩を揺らして、微《かす》かに首を振った。

償わせてほしい。贖罪させてほしい。

でもそれ以上に、ただ、ただ、そばにいたい。

「愛してるんです、萌希しかいないんだ、萌希がいなきゃ」

俺は息を吸う。肺が引き攣《つ》れたように痛かった。

「――俺は死んだも同然だ」

「……だってよ、萌希。愛されっぷりすげえなお前」

夏巳さんがちらりと目線を動かした。その方向に、釣《つ》られて視線を動かす。

デイルームの入り口に、萌希が立っていた。医師に付き添われ、半袖の入院着で……たくさんの傷痕が、腕にはまざまざと残っている。萌希の努力の証で、俺の罪の跡。

萌希と目が合う。抱きしめたい衝動と、そんなことをすれば決定的に嫌われるのではという葛藤が、心で渦巻いた。

「萌希」

呼ぶ声は、涙で滲《にじ》んでひどく掠れてしまった。その声に萌希はそっと頬を緩めた。微かに頬が赤い――のは、怒りのせいなんかじゃないとわかる。

「昊司くん、その、心配かけてごめんね」

驚くほどに――落ち着いた、あっさりとした柔らかな萌希の声。そうして困ったように眉を下げた。

「ところで、昊司くん。その……復讐って何？」

「あ……事故に遭ったのは、俺が」

声が震えていた。

「俺が、萌希に会いに行かなかったから」

「違うよ。あれ、トラックの運転手がお酒飲んでたんだよ。記事読んだもの」

ふらふらと萌希に近づく。萌希のほうから、俺の手を握った。指先に確かに感じる体温に、心臓がわななく。

言葉なんか出ない。自分の感情が迷子だった。

「萌希」

そう声を荒らげたのは小鳥遊さんだった。

「僕が悪かった、すまなかった……！　全部僕が原因だ」

「お兄ちゃんまで何⁉」

萌希は目をまんまるにして、それからとても申し訳なさそうな顔をする。

「ごめんなさい、みんなに心配かけたよね……このとおり、元気です。それだけ伝えに来たの」

「萌希さん。そろそろ」

医師がそっと萌希の肩を抱く。萌希はぎゅっと俺の手を握って離さない。

「……ではご主人も一緒に」

萌希と手を繋《つな》いだまま、病室に向かう。頭が混乱していた。廊下を歩いている感覚がしないほどだった。

病室は個室で、医師と看護師と少し話したあと、彼女たちは出て行く。とりあえず現在のところ健康状態に問題はなし。明日以降に、脳の細かな検査をする。さっきまでは混乱していたけれど、かなり落ち着いたため顔だけ見せに来てくれたらしい。

ふたりきりになった部屋で、ベッドの上で上半身を起こした萌希が「ごめんね」と呟く。

「ずっと、探してくれてたんだね」

「……え」

「初めて会ったとき――じゃないや、再会したとき、泣いていたの、あれ、私を見て泣いたんだね」

俺はあの瞬間を思い出す。

ずっと探していた、忘れられない、なにより大切な萌希を見つけたあのときのことを。目の縁が濡《ぬ》れて、萌希が左手でそっと拭《ぬぐ》ってくれる。

「ありがと」

そうしてはにかんで目を細めた。

「愛されちゃってるなー、私」

「……俺は、お礼を言われるような立場じゃ」

俺は息を吸う。

「俺のせいで、萌希は」

「もう、何回も言わせないでよ。……ていうか、年下の私にずっと敬語だったのって、その引け目があったから？」

微かに息を呑《の》む俺に、萌希は困ったような怒ったような顔をして唇を尖《とが》らせた。

「やだなあ、そんなの」

「……ごめん」

「そもそも、いきなり会いに行ったのも、バスを選んだのも私なんだよ。メッセージで事情送ればよかったのに、お兄ちゃんに聞いて混乱しちゃって」

慌てちゃったんだよ、と萌希は困ったように言った。

「直接話したほうが誤解は解けると思って……なんか色々、子供だったなあ」

萌希は苦笑する。

「事故のあと、とにかく昊司くんの邪魔をしたくなくて、誰にも知らせないように頼んだのも、私なんだ。だって訓練なんて辞めて病院に駆けつけそうだったんだもん」

「……駆けつけるだろ、そりゃ」

「だめだよ」

萌希が俺を見つめる眼差《まなざ》しは、とても透明で澄んでいた。

「そんなの――私が、私を許せないと思ったの。まさかこんなことになるなんて思ってなくて。でもかえってそのせいで、心配と迷惑、たくさんかけたよね。ごめんなさい」

「迷惑なわけない……！」

俺は萌希の手を握り、自らの額に押し当てる。

「そんなわけない。そんなはず……」

萌希が何か悪いわけがないんだ。全部巻き込まれただけなんだから。

「あの頃、何をしてもいつも不機嫌だった俺に、ストーカーのこと相談できなかったのは当然だ。それから、誤解のことだって……既読無視になったらとか、考えたんだろ？」

だって何度も無視した。返せなかったなんて言い訳だ。

不安になったんだろ？

――俺がそう、させた。

「やっぱり俺のせ……」

「だから！　そんなわけないの。もしあのとき私が事故に遭わなかったら、きっとあんなすれ違い、笑い話になってたよ。あのとき遠距離のせいで誤解しちゃってさ、って。そんなカップルたくさんいるでしょ？」

のろのろと頭を上げる俺に、萌希は微笑《ほほえ》む。

「きっとそうだよ」

「……萌希」

「大好きだよ、昊司くん。探してくれてありがとう。ずっと好きでいてくれてありがとう」

それから、萌希は小さく目を伏せた。

「あの、さっきお医者さんが私が混乱してるって言ってたじゃない？」

「――ああ」

ハッとして萌希の手を握る力を少し強める。

「大丈夫なのか？　無理は……」

「大丈夫なの。あのね、私は……起きて、状況を理解してすぐに思ったんだ。昊司くん探してくれたんだ、嬉《うれ》しいって。結婚までできてるって、……夢叶《かな》っちゃってるって」

俺は呆然《ぼうぜん》と萌希を見つめた。

萌希の夢って。

「あは、変かな。好きな人と結婚するのが私の夢だったんだよ。小さい頃から」

「そう……だったのか」

いつも秘密、と言われていたそれ。

じわっと胸の奥で温かなものが広がった。愛のような、涙のような、不思議な感情。

「でもね、看護師さんが昊司くん呼んでくるって言ってくれたときに、ふと、様子が変だったなって思ったの」

「変？」

「こうなって、再会してから。ひとりで暮らしてたあなたの部屋、何もなかった。普通、ラグくらいは買うよ。真冬もラグなしでフローリングに直接座るなんて、普通はしないよ」

「……それは」

「好きだったはずの野球に関するものも、何もない。テレビだって私と付き合うようになって買ったって、何それ。あれだけ野球の勝敗チェックしてたくせに。食器だって最低限、趣味のものなんて何ひとつない」

萌希は眉を下げた。

「削ぎ落としてるみたいに見えた。楽しいものとか、嬉しいものとかを――それで、思ったの。まるで自分を罰しているみたいだって」

「罰？」

「……私が事故に遭った責任を、感じてるんじゃないかって。案の定、そうだったけど」

それから萌希は悲しそうに呟く。

「そうして思ったの。昊司くんは私を探していたわけでもなんでもなくて、単にたまたま再会した私が記憶を失くしてたうえに後遺症まであってかわいそうに思って――贖罪のために結婚してくれたんじゃないかって。そう思ったら不安でたまらなくなって……それが混乱の原因だった」

俺は弾《はじ》かれたように顔を上げた。声が震えている。

「そ、んなわけ……ない。俺は」

「わかってる。――あの、さっき、言ってくれたから」

萌希ははにかんで笑う。頬がほんのりと赤くてひどくかわいい。

「病室でふたりで昊司くんに会う自信がなくて、顔だけみんなに見せて戻りますって先生に言ったの」

そこで萌希は病室を出て――たまたま駆けつけたばかりの夏巳さんに遭遇したらしい。

「私、ちょうど道すがらに先生にその、贖罪かもしれないって不安を話してたの、なっちゃんに聞かれてて……ならオレが確かめてやるって言って、止める間もなくあんな感じの喧嘩《けんか》腰に。ごめんなさい」

「そう……だったのか」

「そうなの。だから、えっと、その」

目線をうろつかせたあと――萌希は「愛してます」、と呟いて頬を染めた。

「昊司くんのこと本当に大好き。思い続けてくれて、――ねえ、見つけてくれて本当にありがとう」

俺はもう涙をこらえられない。決壊したみたいに、子供みたいにぼとぼと涙をこぼして喋《しゃべ》る。

「愛してる、萌希――でも、ごめん。俺、萌希のいちばん辛《つら》いときそばにいられなかった」

萌希の意識がない間。言葉を失っている間。歩けない間、歌えない間、笑えない間、何も知らない馬鹿な俺は空を翔《と》んでいた。

萌希は「昊司くん」と優しく俺を呼ぶ。

「そんなことない。支えてくれたの、多分、昊司くんだった」

俺は小さく首を傾《かし》げた。萌希は微笑み、続ける。

「あのね、私、何度か意識混濁《こんだく》して危ないときがあったんだって――それから、暴れて危ないときお薬でボーっとしてた時期も。でも意識がちょっと戻るたびに、私、あなたに助けられたの」

目を瞠《みは》る。萌希はそのとき、俺についての全ての記憶を失っていたはずだった。

「まあ、正確には、昊司くんとその同期のみなさん、なのかな」

少しいたずらっぽく萌希は言う。

「窓から見えてたのはね、赤と白の飛行機」

ハッとして目を見開いた。赤と白の――レッドドルフィン、……T-4練習機。俺が何度も吐きながら乗った機体。

まさか、萌希がいたのは――訓練をしていた基地の近くの病院だったのか？　たったひと駅離れた総合病院――？

あんな近くに、萌希はいたのか。

あそこから、見ていてくれたのか。

「あれに誰か、大切な人が乗っている気がして。辛くても、負けたらダメな気がしてた。何度も勇気をもらったんだ」

俺は呆然と萌希を見つめる。

「ありがとう、昊司くん」

流れ続けていた涙が、止められない。もういい大人なのに、じきに三十路《みそじ》になるというのに、萌希のこととなると、心のいちばん柔らかなところをいつも突き刺されて泣いてしまう。

何度も涙を拭ってくれる萌希の目にも、涙が溢《あふ》れた。俺は手を伸ばす。

「泣き虫夫婦だね、私たち」

夫婦、という言葉に、改めて心底安堵《あんど》する。

「っ、萌希。ほんとごめん、俺、本当弱くて嫌になる。すぐに泣くしさ」

「あなたは弱いんじゃなくて一生懸命なんだよ。ひたむきなの。初めて会ったときにも泣いてた。あなたのせいじゃないのに、自分のせいだって」

高校生のときね、と萌希は言い添える。

あの夏の日が、蘇《よみがえ》る。暑かった。恋をした。今も恋をし続けている。

「それだけあなたは一生懸命なんだ」

萌希が、やわらかな、優しい声で言う。

「そんなあなたが大好きだよ」

俺はこらえられなくなり、萌希を抱きしめた。ぎゅうぎゅうと、強く、絶対に離さないと意志を込めて抱きしめる。そんな俺の背中を宥《なだ》めるように萌希は撫でてくれながら、「ね」と声を上げた。

「ちょっと聞こえちゃったんだけど、ね。……パイロット辞める、なんて言ってた？」

「……言った」

俺は掠れた声で呟く。

「辞めるつもりだ。萌希のそばにいる。君のことを最優先して生きていきたい」

「だめ」

萌希が俺の腕の中、むっと渋面を作って俺を見上げた。

「絶対にだめ」

「――どうして。俺は」

「だってあなたの夢は、まだ叶ってないでしょ？」

俺は目を瞠り、萌希を見つめる。まっすぐな眼差し。目を逸《そ》らしたくなるほど、それは強烈な視線だった。

「ブルーの機体に乗るって、言ってた」

「……あれは」

「諦めたの？」

そう言って泣き顔の萌希が微笑む。

「あなたはずっと私のヒーローなんだよ。頑張るあなたにいつも励まされてた。空飛ぶ飛行機に何度も勇気をもらったの」

息を吐く。火傷の痕がある萌希の両手が、俺の頬を包む。

「がんばれ鷹峰昊司。かっこいいあなたでいてよ」

『がんばれ』

あの日――……欲しかった言葉だった。

――赦《ゆる》されていいのだろうか。

いや、そんなはずはない。たとえ萌希が俺を赦そうと、そもそも恨んでなんかいなくとも、俺は俺の傷跡を抱いて生きていくしかない。

スカーという名前は、一生背負っていくべきものだ。だとすれば――これはタックネームだ。

パイロットとして、背負うものだ。

俺が萌希のヒーローなのならば。

かっこいい俺でいなくちゃな。

だから。

「萌希」

「うん」

「俺、多分、萌希にたくさん苦労かけるよ」

「いいよ」

「心配もかける」

「わかってる」

「でも約束する。俺は萌希のヒーローでい続ける」

萌希が頷く。涙で潤んだ瞳は、まっすぐに俺を射抜く。

「だから、俺と一緒に幸せになってもらえませんか」

萌希を抱きしめ直す。どくどくと鼓動がする——俺のものか、萌希のものか。抱きしめ合って、何度もキスをする。そのたびに、どちらのものかわからない涙の味がした。きっともう入り混じってしまっているだろう。

「大好きだよ、昊司くん」

ヒーローであり続けよう。

それは俺の、新しい夢だ。


アグレッサー、飛行教導隊との訓練は、たいてい海上の高高度訓練海域《こうこうどくんれんかいいき》で行われる。基本的には二機でペアを組んだ「エレメント」で行われるけれど、今回俺は——有永《ありなが》二佐にこう志願した。

「今日の空戦訓練、一対一《ワンバイワン》でできるようお口添え願えませんか」

基地内、教導隊の髑髏《どくろ》の旗が掲げられた建物——その扉は黒く、赤い星がでかでかと描かれている。あくまで「敵役」の彼らに相応《ふさわ》しいデザインに思えた。

俺と同じく濃い緑色の飛行服の二佐はその扉の前で振り向き、しばらく俺を見つめたあと、

「あれと、イーグルで?」と淡々と聞き返してきた。あれ、とはライトニングⅡ《F-35》を指しているとすぐわかった。雷の名を冠した最新鋭の戦闘機。

二佐が搭乗するF-15と、俺の乗るF-35はそもそもの機体設計が——目的が違う。ステルス性を磨き、先制発見《ファーストルック》・先制撃破《ファーストキル》をキャッチフレーズに地上や艦隊とのデータリンクを旨とし、チームで戦うことを前提に作られたライトニングⅡ。それに対し、接近戦《ドッグファイト》を前提に作られたF-15だ。至近距離での一対一なんか、結果は目に見えている。それも相手は最精鋭であるアグレッサーだ。

「はい」

「目的は」

「あなたを超えるためです」

凡人の俺が、天才のあなたを超える。

「超えてどうする」

以前同じ宣言をしたときは、ここまで踏み込んで聞かれなかった。——少しは、俺も成長しているのだろうか。

「勝ったら、俺をブルーインパルスに推薦してください」

「俺にそんな権限はないぞ」

「なくてもいいです。あなたの口添えがあるという事実が必要なんです」

有永二佐は少し考えたあと、しっかりと頷いた。

「わかった」

「いいんですか」

「なんだそれは」

ふは、と有永二佐が噴《ふ》き出した。俺はぽかんとする。この人のこんな顔は初めて見た気がする。——天才も、人間なのか。

「そっちが言い出したんだろう」

「そうなんですが」

二佐はひとしきり笑ったあと、ふと俺の目を見て「ひとついいか」と口を開く。

「鷹峰、お前なんのために翔ぶ」

「嫁のヒーローでい続けるためです」

即答した。ふざけた答えだと言われるだろうか。

けれど二佐は「そうか」と頬を緩めた。

「それは、かっこいいな」

俺は言葉を失う。——まさか、そんなふうに返されるだなんて想像もしていなかった。

「今日は思い切りやろう。またな、スカー」

——訓練時以外で、初めてタックネームを呼ばれた。パイロットだと、ライバルだと認められた、そんな気がした。

あの人を超えるのに、果たしてどれだけかかるか、わからない。けれど、必ず超えてやる。

かつて空しかなかった決意とは、少し違う。

俺はもう、ひとりじゃないから。

誰かのために空を翔ぶ。

そのがんばれを確かに抱いて、俺はヒーローであり続けたいとそう思う。

【エピローグ】

「あれに乗るのって、本当に大変なんだねえ」

私は今年で五歳になる長女、萌音《もね》の手を握ったまま空を見上げ、呟《つぶや》いた。萌音は「音がうるさい」と少し不服そうにしながらも、空から目を離さない――青空で真っ白なスモークを吐《は》き出し、くるくると回転しながらまっすぐ空に上がっていく青と白の機体。戦闘機ではなく訓練機だというそれに、アクロバット用の改良を加えたもの――ブルーインパルスの機体。

「パパ、けっこう上手じゃん」

おませな萌音の言葉に、思わずふふふと噴《ふ》き出した。

昊司《こうじ》くんがあれに――ブルーインパルスの五番機パイロットに選ばれるまで、結婚してから六年という月日が経過した。家に仕事のことをいろんな意味で持ち込まない人だけれど、まあとにかく大変だったようだ。こっそり落ち込んでいるのを見たことだって、何回もある。

でもそれに負けないのがうちの旦那さんだ。ひたむきに、前向きに、がむしゃらに、ひたすら努力できるかっこいい人なのだ。

血の滲《にじ》むような努力に努力を重ねて、今、昊司くんは憧れの機体で空を飛んでいる。なにしろデビュー戦だ。緊張しているだろうなあ、がんばれ、と心の中でエールを飛ばす。

ふと、周りを見渡す。

皆が空を見上げていた。下なんか向かない。ただ、一心に、空を――。

ああ、今あなたはみんなのヒーローなんだ。私と萌音だけのヒーローはもう卒業。

そう思うと、寂しいようで、でもとにかく誇《ほこ》らしい。

「かっこいいねえ、パパ」

「かっこいいよねえ」

私はぎゅっと萌音の手を握り空を見上げる。

蒼穹《そうきゅう》を、世界一かっこいいヒーローが駆けていくのを、涙に滲む視界でただ一心に見つめていた。


昊司くんのデビュー戦があったのは、懐かしの日本海側の基地での航空祭だった。かつて私と昊司くんが再会して、結婚して、萌音を授かった街だ。

現在は、ブルーインパルスの本拠地がある東松島《ひがしまつしま》市のマンションに、家族三人で暮らしていた。その我が家に昊司くんが帰宅したのは、デビュー戦翌日の深夜だった。ラフなTシャツにジーンズ。さすがにいつもどおりランニングで帰宅はしなかったようだ。

「ただいま」

「おかえりなさい」

もう眠った萌音のことを気にして、ふたりで小声で挨拶《あいさつ》を交わす。

「デビューおめでとう」

「ん、ありがとう」

昊司くんはブルーの飛行服なんかの洗濯物が詰まったバックパックを玄関の上がり框《かまち》に置くやいなや、はあああと大きく息を吐《は》き出した。

「緊張した……」

「するの？」

「するよ」

そう言って靴を脱ぎ、私をぎゅうっと抱きしめる。私はその広い背中をぽんぽんと叩《たた》きながら、素直に彼に甘え、頬を寄せて言う。

「おつかれさま」

「……ん」

返事をする声が少し掠《かす》れている。チラッと見える耳朶は真っ赤だ。私から甘えるのは珍しいから、少し照れているらしい。大好きだなあと思って、少し背伸びをしてその頬にキスをする。

昊司くんは肩を揺らして、私の顔を覗《のぞ》き込む。

「どうしたの？」

「いや……俺の奥さんほんと可愛《かわい》いなと思って」

そう言って彼はひょい、と私を抱き上げた。お姫様にするみたいに、横抱きに。

「……昊司くん？」

「萌希《もえぎ》、ちょっとお願いがあるんだけど」

私は首を傾《かし》げ、こくんと頷《うなず》く。あれだけ頑張ったんだもんね、なんでもいいよなんて安請け合いして――。

そして喘《あえ》ぎながらちょっと後悔している。

「ん、んんっ、んっ」

両手で口元を押さえ、声が漏《も》れないように必死だ。昊司くんは私をソファに座らせて、もう信じられないくらい好き勝手に私の身体中に触れた。ひとつ屋根の下、萌音を起こすわけにいかない私は声が漏れないよう半泣きで口を押さえ続けた。それがかえって悦楽を呼んで、ビクビクと腰を跳ねさせ何回も達してしまう。

「またイった？」

嬉《うれ》しげに昊司くんは私を見上げる——床のラグに座り、私の脚の付け根を舌と指で散々に解してくれていたのだ。

部屋着のボトムスは脱がされて、下着のクロッチはずらされてべったり濡《ぬ》れて肌に張りついている。ナイトブラもＴシャツごとずり上げられて……裸より、よっぽどいやらしい格好をしている自覚がある。

「も、無理……」

「何が無理？」

昊司くんがいたずらっぽく言う。私は眉を下げた。お腹の奥が、ぐずぐずだ。熱を持って熟れたじゅくじゅくの果実みたいに蕩《とろ》けて、彼のものを求めて疼《うず》いている。

ぴん、と爪先で肉芽を弾《はじ》かれる。小さく悲鳴を上げた私は、観念して彼を見て呟く。

「お願い……挿《い》れて……？」

最初は昊司くんの「お願い」だったのに、いつの間にか私が懇願する立場になっている。いつつもこうだ、とちょっと不服に思いつつ、彼の硬い指や舌で愛でられ解されると、あっという間にぐずぐずになって彼を求めてしまうのだった。

昊司くんは嬉しそうに頷いて立ち上がり、ベルトをくつろげすっかり硬く大きくなった屹立《きつりつ》を取り出す。大きく張り出した先端から、とろとろと露《つゆ》が溢《あふ》れているのがわかった。

「まったく、仕方ないな萌希は」

「そっちからお願いしてきたくせに……っ」

「そうだっけ」

そう言って、昊司くんは少し首を傾げた。

「前からと後ろからと、どっちがいい？」

これは別に淫《みだ》らな質問というわけじゃない。私がどっちが楽か、と聞かれているだけであって――でも私はとってもいやらしい質問をされた気分になりつつ、膝を立てて彼に背を向ける。

ソファの背もたれに手をついて、昊司くんを振り向いて「挿れて」とねだる。

それほどに疼いていた。子宮のあたりが、切なすぎてもはや痛くて、早く彼ので貫いてほしくて――。

私を見下ろす昊司くんは微かに喉仏を上下させたあと、私の腰を掴《つか》み直接ナカに昂《たかぶ》りを挿れ込んでくる。ずちゅっ、と聞くに堪《た》えないぬるついた水音がした。

「はぁ、ん、んんっ」

ソファの肩に口を押しつけ、必死で声を殺した。カバーは洗わないといけないな、と頭のどこかで思う。

彼のものが、ぬちゅぬちゅと私のナカを拡げて進む。肉襞ひとつひとつを引っかくように、私の気持ちいいところを擦《こす》り上げるように。そうしてトン、と最奥を突き上げる。悲鳴のような高い声が、口を押さえているせいでくぐもる。

「可愛い声、聞きたいな」

昊司くんが私の乳房に手をやり、芯を持った先端を弾きながら言う。短く、途切れ途切れに喘《あえ》いでしまいながら、必死で声を押し殺し、ぶんぶんと首を振る。

「まあ仕方ないか」

そう言いながら彼は私の先端をきゅっと指で押し潰した――もうダメだった。イっちゃう。そう自覚したときには、ナカの肉がうねって痙攣し、彼のものを締めつけていた。

「……萌希、締めすぎ」

まだ俺動いてないよ、とからかう声が落ちてくる。でもそれどころじゃないのだ。ヒクヒクと粘膜が収縮して、入り口が窄《すぼ》まってうねる。

頭の中は真っ白だ。

その状態で、昊司くんはとんとんとリズミカルに腰を動かしだす。ずるずると私のナカを彼の屹立が動く。身体の中を好きにされる快楽は、相手が彼だから感じられるもの。

「き、もちぃ、っ」

私はソファの肩を強く掴んで小さく叫《さけ》ぶ。気持ちいい。昊司くんはびっくりするくらい、私の身体を知り尽くしている。私がどうされたら感じるのか、どんなふうにすればイくのか、全部わかって動いている。

私の手の上に、彼の大きな手が被さる。ぎゅっと握られて、私の心はフニャフニャになる。

「好き……っ」

「愛してるよ」

昊司くんは私の耳元に肩を寄せ、低く掠れた声で囁《ささや》く。私ははあはあと喘ぎながら、打ちつけられる快感をただ受け入れる。

直接繋《つな》がる幸福。ぬるぬると粘膜同士が擦れ合う。彼の体温を、硬さを、直接感じる——ぐちゅぐちゅと音が鳴る。高まっていく愉悦に、もう抗えない。

「こ、じくん……イっちゃ、う」

「ん」

昊司くんは私の頭にキスをしてくれる。そうしてこの上なく優しく頬擦《ほおず》りをしながら、これ以上ないくらい激しく抽送を与えてくる。

「んっ、んっ」

声を殺しながら、私は彼のものを食いしばり、あっけなくイく。昊司くんの手に力がこもり、彼もまた欲を吐き出す。私はビクビクと痙攣《けいれん》し続けるナカの、その深い絶頂の余韻に力を抜いた——と思うと、彼のものがまた、ずるっと動く。

は、と浅く呼吸を整えて振り向くと、昊司くんが申し訳なさそうに眉を下げた。

「ごめん。あと少しだけ」

経験上、この「あと少し」があと少しだったことはない。私は明日の寝不足を覚悟しつつ、私から溢れたものと彼が吐き出した白濁《はくだく》とでぬるぬるのナカを擦られる感覚に声を殺しながら喘ぐ。滑りが良すぎて、彼のものが何度か抜けそうになっている。そのたびに奥まで貫くように挿れ直され、もう頭がよく回らない。

昊司くんが指で私を振り向かせ、私の唇に自らのものを重ねる。少し肉厚な舌が私の口内を弄《まさぐ》り、同時に彼は腰を激しく振りたくる。

喘ぎ声は彼の口の中に消えていく。

頭は快楽で真っ白で、与えられる悦楽に陶然《とうぜん》として——でもひとつ、これは伝えなきゃと思っていることがある。

「こ、じくん」

お互いの唾液に濡れた唇を触れ合わせたまま、私は彼を呼ぶ。「ん?」と、彼もまた重ねたまま返事をした。

「あ、のね」

ごちゅごちゅと最奥を突かれながら、私は必死で声を出す。

「かっ、こよかった、ぁんっ」

私は自分から彼の唇の端にキスをする。そうして続けた。昊司くんは目をまんまるにしている。

「昊司くんっ、かっこよかった……っ、ふぁ、っ」

息を吸うと変に声が混じってひどくいやらしい呼吸になる。それでも伝えたくて、私は唇を動かした。

「大好き、私の、ヒーローさん」

昊司くんが私の唇にむしゃぶりつく。そうして口も手も淫らな箇所も、繋げられるところは全て繋げてお互い快楽を共有する。

「愛してる、萌希」

絶頂する私を強く抱きしめて、私のヒーローがくるおしい声で言う。

こんなに求め合える人に出会えたことを、なんと呼べばいいのだろう。運命？　必然？

でもそんなんじゃなくていいと思う。

運命でも必然でもなくとも、私たちは絶対にお互いを見つけていただろうから。

――それをきっと、幸福と呼ぶのだろうから。

【主な参考文献】

『F-35とステルス技術（わかりやすい防衛テクノロジー・シリーズ）』井上孝司：著　イカロス出版

『JWings　2022年3月号、2023年10月号、2024年3月号』イカロス出版

『MAMOR　2023年5月号』扶桑社

『赤い翼 空自アグレッサー　飛行教導群 強さの秘密』小峯隆生：著　柿谷哲也：撮影　並木書房

『最新版　航空自衛隊完全図鑑』菊池雅之：著　コスミック出版

『写真で見る航空自衛隊』マイウェイ出版

『戦闘機パイロットの世界』渡邉吉之：著　パンダ・パブリッシング

あとがき

お世話になっております。にしのムラサキです。このたびは本作品を手にとっていただきありがとうございました。極上自衛官シリーズ、陸海空に続きまさかの第四弾でした。続くと思ってなかったです。読んでくださった読者様のおかげです。ありがとうございます！

第四弾も空自ということで、第三弾ヒーローの翔一さんに出張ってもらい、天才と凡人、挑戦する若者というイメージで書かせていただきました。青春ぽくなっていたら幸いです。ヒーローがブルーインパルスを初めて見たシーンは私の経験でもあります。ビール呑みながらぽかんと見上げていました。暑かったなあ。

また、あしか望先生には素敵すぎるヒーロー&ヒロインを描いていただきました！ヒロイン萌希さんの可愛さもさることながら、ヒーローの昊司さんがイメージ通り以上すぎて叫びました。

編集様及び編集部様には今回もご迷惑をおかけしました……！

最後になりましたが、関わってくださったすべてのかたにお礼申し上げます。なにより読んでくださる読者様には何回お礼を言っても言いたりません。本当にありがとうございました。

ルネッタ🄻ブックス

〈極上自衛官シリーズ〉 過保護な航空自衛官と執着溺愛婚
~記憶喪失の新妻ですが、ベタ惚れされてます⁉~

2024年7月25日　第1刷発行 定価はカバーに表示してあります

著　者　にしのムラサキ　©MURASAKI NISHINO 2024
発行人　鈴木幸辰
発行所　株式会社ハーパーコリンズ・ジャパン
東京都千代田区大手町 1-5-1
04-2951-2000（注文）
0570-008091　（読者サービス係）
印刷・製本　中央精版印刷株式会社

Printed in Japan ©K.K.HarperCollins Japan 2024
ISBN978-4-596-63957-8